contents

イラスト／旭炬

不遇の王女は初恋の隣国王太子に愛されて花開く

プロローグ

王子様だ。

リィンは大きな緑の双眸《そうぼう》を更に見開き、眼前の少年を見上げた。

太陽の光を浴びて輝く黄金の髪に、深く澄んだ青の瞳。笑みの形をした唇は艶《つや》やかで、とても上品さを醸し出している。

まだ成長期である十五歳の身体はさほど大きいとは言えないものの、惚《ほ》れ惚《ぼ》れとする姿勢の良さのせいか、とてもスラリとして感じられた。

それとも十歳のリィンにしてみれば、五つの年の差が彼を『大人』に見せたせいだろうか。高貴な人が纏《まと》う威厳を、少年は早くも身につけていた。ややもすれば、こちらが気後れしてしまうほどに。

本来であれば国力の差を鑑みて、リィンの方が立場が上だ。同じ王族であっても、豊かな国土を治め経済の中心地であるアガラン国と、広いばかりでこれといった産業も特産物もない貧しいランツ国とでは同列には語れない。

アガラン国の王女であるリィンが、属国に等しいランツ国の王太子であるロレントに首を垂れなければならない理由はなかった。

最大限の礼儀を払うべきは彼の方。だからリィンは鷹揚《おうよう》に構えていれば、それで許される。

——でも……あまりにもロレント様がご立派で……

人並み外れて整った顔立ちは、成長途中の中性的な美を留《とど》めている。どこか危うく、それでいて目を逸《そ》らせない魅力を放っていた。

全てが絶妙に配置された麗しい容貌。すらりと伸びた手足。緩く波打つ髪は、繊細な細工物のよう。同じ色彩の睫毛《まつげ》は長く濃く、宝石めいた青い瞳を効果的に彩っていた。

ただし壊れ物の秀麗さだけではなく、同時に強い意志の力も感じられる佇《たたず》まいがリィンの視線を釘付けにした。

人は、あまりにも美しい存在を前にすると、言葉をなくしてしまうものらしい。

リィンはどんな芸術品や肖像画でも、ここまで圧倒的な完成美を目の当たりにしたことはない。そのせいで気圧《けお》されてしまったのは否めなかった。

花の香りを含んだ風が心地よくリィンの髪を揺らす。これといって特徴のない茶色の髪は、煌《きら》びやかな金髪の母とも黒髪の父とも似ておらず、正直に言えば好きではなかった。

地味で華やかさに欠ける。

絶世の美女と謳《うた》われる母に似れば人々に愛されたかもしれないし、いっそ父譲りであれば目をかけてもらえたかもしれないのに。

ロレントの髪色こそ、リィンがなりたくて堪《たま》らなかった憧れの色だった。だから余計に目を奪われたのかもしれない。

非公式の対面は、王妃の宮にある庭園で行われた。

ランツ国から嫁いだリィンの母のために造られた、異国を模した小さな庭園。もっと大きくて豪華な庭は他にもある。

贅《ぜい》を尽くし、最先端の技術を応用して、王家の威信を示す父ご自慢の庭園も。

だが母は生国の植物をふんだんに植えたこの庭を、殊《こと》の外気に入っていた。それ故にリィンとロレントの初めての顔合わせを、ここに決めたらしい。

内気で人見知りの気があるリィンを気遣ってくれたに違いない。極力人払いをしてくれたことも、ありがたかった。

ロレントはランツ国で正式に王太子に指名され、アガラン国へ顔見せをするため遠路はるばるやってきたのだ。

この儀礼は、もう何代も前から続いている。

主権国家でありながら、かの国はこの国の顔色を常に窺《うかが》わなければならない。次期国王を決めることすら、『お伺い』を立てねばならないのが現実だった。

――きっと、お嫌よね。とても屈辱を感じていらっしゃるはずだわ……まして私みたいな小娘にまで挨拶をしなければならないなんて……こんな美しい人に疎まれたら悲しくなる……

もし彼の瞳の奥に嫌悪がちらついていたら。そう思うと、リィンの身体が強張る。

せめて愛想よくしなくてはと考えても、どこかぎこちなくなってしまった。

「初めまして、リィン殿下」

けれど親しみやすさを滲《にじ》ませたロレントが体勢を屈《かが》め目線をリィンに合わせてくれたことで、緊張感は緩和した。柔和な微笑みは薔薇が綻ぶのに似た華やかなもの。

匂い立つような貴公子の所作に中《あ》てられ、リィンは途端に真っ赤になった。

「は、初めまして。……ロレント殿下……」

声が震えていなければいい。簡単な挨拶もまともにできないとは、思われたくなかった。

熟れた頬《ほお》を見られたくなくて顔を上げられず、リィンはギュッと拳を握り締める。

どうにか礼儀に則《のっと》った礼はこなせたが、完璧とは言い難い。仮にこの場にマナーの教師がいたとすれば、鞭《むち》で打ち据えられていただろう。

元来内気なリィンは、初対面の相手と話をするのは苦手だ。一国の王女として、そんなことではいけないと思うものの、性格なのだから仕方がない。

それでも腰が引けるのを意志の力で抑え込み、リィンは懸命に口角を引き上げた。

「お会いできて、嬉《うれ》しく思います」

「そんなに畏《かしこ》まらなくて大丈夫ですよ。これは公式な場ではありませんし、僕たちはハトコなのですから」

柔らかな声で告げられ、耳が擽《くすぐ》ったくなる。リィンが思わず視線を上げれば、温かな笑顔とかち合った。

「ハトコ……」

「はい。私の父とリィン殿下の母上であるエリナ様は従兄妹《いとこ》ですからね。僕らは血の繋《つな》がった親族です。こうしてお会いするのは初めてでも、数えきれないくらいリィン殿下のお話は聞いておりました。ですから僭越《せんえつ》ながら僕にとっては、妹も同然に感じております」

リィンに同腹の兄弟はいない。父の側妃が産んだ子どもはいても、交流らしきものは一切なかった。だからなのか、急に胸の奥が仄《ほの》かに温かくなる。

正直、ずっと兄が欲しいと思っていたためだ。

頬が熱を孕《はら》む。ドキドキと鼓動が脈打つ。丸く見開いた視界の中、理想の王子様そのもののロレントが優しく微笑んでくれていた。

「では……ロレント殿下は私のお兄様ですか？」

「そのように思ってくださったら、光栄です。僕をリィン殿下の兄にしてくださいますか？」

突然できた兄の存在はリィンを高揚させた。しかも途轍《とてつ》もなく綺麗《きれい》な少年が、自分の兄になってくれると言う。

片膝をついた彼がリィンの手を取り、その甲にそっと口づけてくれたことで、一層心臓が暴

れ出した。

「……！」

「愛らしいリィン殿下。本当にエリナ様がおっしゃるように、妖精のようでいらっしゃる」

「よ、妖精……？」

そんなことは、言われたことがない。

いつも地味だ愛想がないと陰で囁《ささや》かれているのは知っている。その上最近では父王の寵愛《ちょうあい》を笠《かさ》に着て、側妃のコレットが後宮で権力をふるっているのだ。

小国のランツ国出身の母は、正妃であっても立場が強いとは言えなかった。

当然、その娘であるリィンの立ち位置も同様である。ましてコレットが男児を産んだばかりとなれば――

「ええ。何度かいただいた王妃様からの手紙の中では、リィン殿下の愛らしさが認《したた》められておりました。ですからいつかお会いしたいと、ずっと願っていたのです」

「私に会いたいと……？」

成人していないリィンは、公の場に出ることはなく、今回催されるロレントのための宴にも、出席する予定はなかった。

第一王女でありながら影が薄い。父王の関心の低さが、そのまま反映されている。

残念なことにその事実は、貴族ならば誰もが知っていること。

一応は友好国であるランツ国王太子のロレントが把握していないとは、到底思えなかった。

つまりリィンと繋がりを持っても、彼には何も得がないということだ。

貴重な時間に子どもの相手をさせられては、普通なら腹立たしく感じても不思議はなかった。けれどロレントにそんな雰囲気は微塵《みじん》もない。まるで本当にリィンと交流することを、楽しみにしてくれていたかのようだった。

――本心ではないとしても……嬉しい。私に興味を持ってくださる方がいたなんて……蔑《ないがし》ろにされているとは言わないまでも、腹違いの弟が誕生して以降、ますます居場所がなくなった心地がしていたリィンは頬を綻ばせた。

すると立ちあがったロレントが更に晴れやかに笑う。

「リィン殿下の笑顔は、こちらの気持ちを温かなものにしてくださいます。目にするだけで穏やかな優しい気持ちになれる。だからどうかもっと笑ってください。僕は貴女《あなた》には作りものの微笑や強張った表情よりも、本当の笑顔でいてほしい。可愛《かわい》らしくて大好きです」

「え……っ」

それは、リィンの笑顔が好きだという意味だと、すぐに分かった。しかも世辞に過ぎない。

だが、跳ねた鼓動は一向に元の速度に戻ってくれず、逆にどんどん加速して、全身が火照る感覚まであった。

身体中に血が巡り、落ち着かなくなる。上気した頬から湯気が吹き出すのではないか心配になるほど、リィンの指先までが熱を帯びた。

――可愛いなんて、お母様以外に初めて言われた……それに、す、好きだなんて……恥ずかしい。けれど嫌ではない。ただ落ち着かなくなって、どう反応していいのか分からないだけだ。こんな時に気の利いた返事ができない自分が嫌になる。

上手《うま》い言葉が見つからないリィンはオロオロと視線をさまよわせた。しかしその間、ロレントは笑みを崩すことなくじっと柔らかな視線をこちらに注いでくれている。

リィンの足並みに合わせ、待ってくれているのだと察し、それがまた喜びを大きくした。

「……あ、ありがとうござい、ます……」

「それはこちらの台詞《せりふ》です。可愛い妹ができて、僕の方がいくら感謝しても足りません」

「そんな……！　私こそ、ロレント殿下のように素敵なお兄様ができて、光栄です」

束《つか》の間《ま》の平和な時間。光あふれる優しい思い出。

そしておそらく、この時リィンは初めての恋の入り口に立ったのだと思う。ロレントを兄だと思えたのはごく短い期間。すぐに彼は憧れの人へと変わってしまったのだから。

けれどそんな煌めく時は、長くは続かなかった。

この日から約一年後。

母の死をきっかけにして、リィンの世界は根底から覆《くつがえ》された。

第一章　初恋

ただ一つの窓は、大男が仮に背伸びをしても、到底届かない位置にある。

そもそも開け閉めをするように作られてはいないので、手が触れられる場所に設ける必要がないのだ。

嵌《は》め殺《ごろ》しの硝子《がらす》からは、日に数時間だけ太陽の光が差し込む。換気は叶《かな》わない分、いつも澱《よど》んだ空気が停滞していた。

石を積んで建てられた狭い空間は、今日も代わり映えのない灰色を晒《さら》している。

ここは冬は極寒になる上、夏はジリジリと炙《あぶ》られる暑さになるので、快適とは言い難い。掃除はこまめにしているおかげで清潔は保たれているものの、如何せん百年以上昔に造られた建物は老朽化していた。

そこかしこに隙間やひび割れが生じ、鼠《ねずみ》が我が物顔で闊歩《かっぽ》することも珍しくはない。

——それでも一日の僅かな時間、こうして陽の光を浴びられるだけ、私は恵まれているわ。

窓から差し込む一条の光の中、リィンは敬虔《けいけん》な気持ちで祈った。

隣には、生まれた時から傍にいてくれるばあやもいる。リィンと同じように跪《ひざまず》き両手を組んで、静かに目を閉じていた。

「ばあや、もっとこちらにいらっしゃいな。その方が暖かいわ。ほら、ここ。石が太陽の光で温《ぬく》もってポカポカしているのよ」

「でしたらリィン様こそ、一番いい場所へお移りください」

「駄目よ。ばあやは朝晩腰と膝が痛むのでしょう。このところ冷え込むようになってきたし、気を付けないと」

今朝などは一際気温が下がり、吐く息が白くなるほどだった。そろそろ監視の兵らに頼んで、毛布を差し入れてもらわねばならないかもしれない。

「お優しいリィン様……こんなところに閉じ込められ、どれだけ苦汁を舐《な》めておられることか……」

「ばあや、私なら平気よ。それよりちゃんとショールを羽織ってね」

実際、自分はこのくらいの気温ならばまだまだ耐えられる。可哀想なのは老齢に達したばあやの方だ。きっとさぞやあちこち身体が痛むのだろう。

彼女は懸命に隠しているが、時折腰や膝を摩《さす》っているのを、リィンは見逃していなかった。

「ばあやは口惜しゅうございます。リィン様にありもしない罪を擦り付けたあの女を、叶うならこの手で……！」

「ばあや、それ以上は口にしてはいけないと、何度も言っているでしょう」

たとえこの場にいるのがリィンと彼女の二人きりだとしても。

固く閉ざされた扉の向こうには、二十四時間体制で兵が立っている。更にどこに人の耳があるか分かったものではない。

王宮内の全てがコレットに掌握されていると言っても過言ではない今、生き残るためには細心の注意を払わねばならないのだ。

八年前、十一歳の時にリィンは幽閉された。王宮の片隅に建つ、古びた塔の最上階に。

ここから出るためには一つしかない重い扉を開き、延々と続く階段を地上へ向かって下りてゆくしかない。

しかしその肝心の扉は厳重に施錠されており、常に二人の兵が監視の目を光らせている。また途中の階には交代要員の兵が寝泊まりしており、外への出口はこれまた兵が守っていた。

つまり、リィンに自由な外出は叶わないということだ。『王女の幽閉』を決めた者の許可がない限り、出ることは絶対に不可能だった。

花の咲き誇る『緑の庭園』を散策したのも、晴天の下で菓子を食べたのも、母の差す日傘の影で笑ったのも、遠い昔のことだ。全ては二度と手が届かないどこかへ行ってしまった。

特に母と一緒に過ごすことは未来永劫あり得ないと思えば、リィンは瞳が潤みそうになるのを懸命に堪えることしかできなくなる。

――もうすぐ、お母様の命日がやってくる……コレット様……王妃様は今年も盛大な宴を開かれるのかしら……

だとしたら、国王である父がリィンに会いに来てくれることも、母の死を悼んでくれることもないだろう。もっともこの八年間、そんなことは一度もなかったのだが。

――未《いま》だに期待を捨てきれないなんて、私も馬鹿ね……お父様はきっと私のことなど、とうに忘れているでしょうに――

幽閉される以前でさえ、父の関心はリィンになかった。

寵妃であったコレットとその息子に夢中で、正妃の母にすら冷淡であったのだから。

ましてリィンが実の子ではないという噂《うわさ》がまことしやかに囁かれれば、仕方がないのかもしれない。

八年前、リィンの母エリナは不義密通の罪で処刑された。

自らの護衛と通じ、国王を裏切った証拠が沢山見つかったのだ。火遊びの相手とされた男はあっさりと口を割り、碌《ろく》な取り調べもされず刑に処されたという。

不自然に揃《そろ》えられた証拠と目撃者を前に、無実を訴える母はあまりにも無力だった。

侍女の一人は姿を消してしまい、また別の侍女は『王妃の不実な行為を知っていたが、止めることができなかった』と涙ながらに証言するに至って、裁判は異例の速さで結審した。

母が首を落とされるまでの怒濤《どとう》の日々を、リィンは正直ほとんど覚えていない。何もかもが現実とは信じられず、呆然《ぼうぜん》としている間に全てが終わってしまったからだ。

そうして脱《ぬ》け殻《がら》になっていたリィン自身は、『不義の子』の烙印《らくいん》を押され、王族の罪人が収監される牢獄《ろうごく》へと移された。

あれから八年。こうして生かされているだけでも、奇跡と言える。それとも興味を持たれず忘れ去られているからこそ、放置されているのか。

この塔での暮らしが世界の全てであるリィンには窺《うかが》い知れない。

どちらにしても不自由ではあるが、リィンは健やかな十九の娘に成長していた。

その間言葉を交わしたのは、共に幽閉されたばあやと、二人を監視する兵たち。それに週に一度やって来てくれる聖職者のみだった。

――消えてしまったお母様の侍女はどうしているのかしら……無事生きていればいい……お母様が一番可愛がっていた人だもの……

幼い頃、リィンにも優しくしてくれた数少ない女性を思い出す。彼女は確か、母がランツ国から唯一連れてきた侍女だったはずだ。陰謀に巻き込まれていないことを祈る。

真実を確かめる術も探る力もないから、願うことしかできない。

世界から切り離され、国は勿論《もちろん》、父が現在どうしているのかもリィンは知らなかった。

ただ――母の処刑後、喪が明けるとすぐにコレットが王妃の座につき、幼い弟が王太子となったと聞かされただけだ。

——おそらく私は、一生をこの塔の中で終えるのでしょうね……せめてばあやだけでも自由になってほしい。

彼女には子供や孫がおり、帰る場所があるのだ。

だがばあやが去ってしまえば、リィンは本当に独りぼっちだ。自分を気にかけてくれる人は誰もいなくなる。

もしも彼女を外に出してやれる方法が見つかったとしても、リィンが迷わず実行できるかと問われれば、即答するのは難しかった。

——ああ私は……自分のことばかり……何て心が醜いの……

寂しさは、人を臆病にして魂すら食い荒らす。

しかしどんな境遇にあっても誇りを失ってはならないと、リィンは己を戒めた。

父に認めてもらえなくても、自分はアガラン国の王女だ。そして母の娘である。その気持ちだけは、いついかなる時でも忘れてはならないと固く心に誓った。

「——リィン様、どうぞこちらをお使いください」

その時、扉の向こうから控えめな声がかけられた。相手が誰かは、確認しなくても分かる。

今日の監視を担っている兵の一人だ。年の頃は二十代後半だろうか。

幽閉の身になり最初の一年ほどは、しょっちゅう彼らの顔触れが変わっていた。

誰も『出自の怪しい王女様』の監視兼護衛など引き受けたくはないに決まっている。そんな任務は、左遷に他ならないためだ。

故に人が定着しなかったことも頷《うなず》ける。だがこの五～六年は、ほとんど顔触れが変わらず、リィンは彼らとたまに雑談を交わす程度に親しくなっていた。

「お寒いでしょう。敷物などを入手いたしましたので、お受け取りください」

「まぁ……まだ冬物を配給される時期でもないのに……あら？　ですがこれは新品では……？」

リィンが目をやれば、扉の横に設けられた小さな小窓から、いかにも暖かそうなひざ掛けや敷物が差し入れられていた。

しかし例年なら、もっと寒さが厳しくならないとそういったものは届けられない。過去には、かなり真冬になっても薄く擦りきれたドレス一枚で放置され、危うく肺炎になりかけたこともあった。あれは、確か幽閉された翌年のことだったか。

流石に次の年からは最低限の石炭や冬物の衣類が用意されるようになったけれども。

「今年は寒気の到来が速いようです。こちらへの予算が下りるのを待っていては、リィン様とばあやさんが凍えてしまいます。一足先に我らで入手しておきました」

「え……っ、では貴方《あなた》たちの善意で……？」

幽閉の身の王女に割かれる予算は微々たるものだ。しかも王妃となったコレットが、毎年のように削減を命じているらしい。

故に余裕は一切なく、リィンとばあやは与えられるものを大事にし、細々と暮らしてきた。新しい品を購入することなど難しいに違いない。

だとすれば兵らが自ら金を出し合って買ってくれたのだと思い至り、リィンは瞠目《どうもく》した。

「いけません、そのようなこと……王妃様の耳に入れば、貴方たちが罰を受けてしまいます」

「ご心配なく。大丈夫です。これらは心ある者からの寄付でございます。リィン様がお使いくださらねば、処分せざるを得ないでしょう」

「そんな……」

もしここで自分が断っても、持ち帰るわけにはいかないのだと告げられ、リィンは戸惑いつつもひざ掛けなどを受け取った。

どれも生地が厚く、触り心地がいい。安物ではないだろう。

「……ありがとう。大事に使わせてもらいますね」

「はい。……この程度のことしかできず、申し訳ありません」

「とんでもない、ありがたく思っています。貴方は……確かティリスといったかしら？」

「私の名前をご存じなのですか？」

驚いた声が扉一枚隔てた向こうから聞こえた。顔をじっくりと合わせたことがなく、声だけのやり取りなので、彼の容姿についてリィンは知らない。

それでもこの六年あまり、一番長くこの任についてくれている人を忘れるはずがなかった。

それに何くれとなく気を配ってくれているると知っている。だが直に名前を問うたことはない。偶然、同僚の兵が彼の名を呼ぶのを耳にし、それをリィンは覚えていたのだ。

「ええ、勿論よ。いつも心を砕いてくれて、本当にありがとう」

「そんな……勿体ないお言葉です」

「貴方のおかげで、今年は風邪を引かずに済みそうだわ」

リィンはティリスには見えないと知りつつ頭を下げ、ひざ掛けをばあやに手渡した。

「これを使って、ばあや。それからベッドの下に敷物を敷きましょう。これで少しは朝晩の寒さを凌《しの》げるはずよ」

「ありがとうございます、リィン様……」

二人身を寄せ合い、微笑み合う。

今やリィンにとって唯一の家族と言えるばあやも、随分年を取った。

髪は真っ白になり、顔や手は皺《しわ》だらけだ。辛い幽閉生活も、影響しているのは間違いない。

この数年で、彼女はぐっと老けたようにも思えた。

――いつかはばあやを家族のもとへ返してあげたい。私が独りになったとしても……

切ない妄想はキリキリと胸を刺す。もはや何年間もその繰り返しだった。

その日がくることを心から望んでいるのかいないのか、自分でもよく分からない。

だが自分とは違い、ばあやに残された時間がさほど長くないことも理解していた。だからこそ、日々リィンの心情は揺れ惑う。

そんなある意味膠着《こうちゃく》した日々に終止符が打たれたのは、冬の終わり。突然のことだった。

「……私を修道院に……？」

「ええ。戒律の厳しいところなので、還俗《げんぞく》することは叶いません。外部との接触もほとんどないでしょう。ですがこの塔から出ることは許されます」

一週間振りにやってきた聖職者が告げたのは、父から下された命令だった。選択権はない。

だがリィンの存在自体父に完全に忘れられていたのではないと思えば、微《かす》かな喜びも滲んだ。

父の心の片隅に、自分はまだ生きていたらしい。

「王族でもなくなります。結婚はできませんし一生を神に捧《ささ》げることにはなりますが……どうされますか？」

一応はこちらの意見を聞く振りをする聖職者に、リィンは苦笑を漏らした。

諾以外、如何なる返事が許されているというのか。子どもにだって分かることだ。

——でもこれで、ばあやを自由にしてあげられる……

かの場所は、世話してくれる者を引き連れて赴くような場所ではない。自分のことは自分で面倒を見て、清貧を誓い暮らすところだった。

ならば当然、ばあやも長年の役目から解き放たれるに違いない。

――だったら私が選ぶ道は一つだわ。

リィンは大きく息を吸い、聖職者に頷いた。

それからバタバタと日々が過ぎ、五日も経《た》たないうちに修道院へ向かう馬車へ乗せられたことには驚いたけれど、あれこれ思い悩む時間が少なかったのは、逆によかったのかもしれない。下手に考える余裕があれば、我が身を憐《あわ》れみたくなる。

ただでさえ『リィン様をお一人にはできない。私も一緒に行きます』と泣きじゃくるばあやを、説得するのが大変だったのだ。

なけなしの矜持《きょうじ》で背筋を伸ばし、誇り高く去ろうと決めていたのに。

小さな馬車は、王女として生まれたリィンが乗るには、あまりにもみすぼらしかった。けれども、王族ではないのだと思えば納得もできる。これからは一平民。名もなき修道女だ。

酷《ひど》い揺れに悩まされながら、やはりばあやを同行しないで正解だったと考えた。

こんな激しい揺れに長時間晒されては、ばあやの腰が完全におかしくなってしまう。

むしろこれでよかったのだと、リィンは無理やり自分を頷かせた。

独りきりであることが、むしろ都合がいい。堪えきれない嗚咽《おえつ》も、けたたましい車輪の音が搔《か》き消してくれた。

そうしてリィンが睨《にら》むように小窓から外を眺め続け、どれくらい時間が経っただろう。

目的地の修道院は、国の東側にある山の頂《いただき》に建っている。流石《さすが》に馬車で山を登ることはできないので、途中からは徒歩で行かねばならないはずだ。

リィン自身その覚悟はしてきたし、それなりに準備もしている。だが――

――山のふもとまで行くにも、何日もかかるはず。どこかで夜を越す必要があるはずだけれど……町の影すら見当たらない。もしや野宿になるのかしら……？

だが馬車は速度を緩めることもなく、夕暮れに染まった荒れ地を進んでゆく。

――今日中に行けるところまで行くの？　でも集落もない場所では、野生動物や夜盗の心配もあるのに……

リィンはずっと塔に幽閉されてはいたが、その分本を読む時間は充分にあった。故に、無知ではない。気まぐれに差し入れられる本は、どれも片っ端から読み耽《ふけ》った。

この国の植物や生き物について、他国の歴史、言語や芸術に関することまで。ティリスが持ってきてくれた本は何でもありがたく目を通し、全て覚えた。

おかげで、夜の闇がどれほど危険かも理解している。

――もしかして、御者はそういった知識がないのかしら……？　いいえ、まさか……だけど……少しでも安全そうな場所で停《と》まるように伝えた方がいい？　余計な口出しをしたと気分を害されてしまうかしら……

迷っている間にも、馬車は更に速度を上げた。

右に左に弾《はず》む振動が、よりリィンの焦燥を掻き立てる。もはや小窓の外は、夕闇に沈みつつあった。

月と星の明かりだけでは、これ以上進むことは困難なのでは。この先に村があるとは思えない。

そう気を揉《も》んでいた刹那、馬車は唐突に動きを鈍らせた。

——あ……ようやく停まるのね。でもここはどの辺りなのかしら……？

山の稜線《りょうせん》は既に見えない。近くに民家があるのかも不明だ。

しかし静まり返った空気が、リィンの心をざわつかせた。

——どうして？　何故《なぜ》かとても嫌な感じがする……

目的地の修道院へ向かうには、東の山から流れる川沿いを行くのが一番近い。天候が悪いなら避けた方がいいけれど、この数日間はずっと晴天でこの先も快晴が予想されていたはず。

それなのに、川のせせらぎが聞こえないことに、リィンは突然思い至った。

——車輪の音が煩《うるさ》くて、気づかなかったけれど……いつから川沿いを離れていたの……？

夜を照らしてくれる光源は月と星の光、それから馬車の先端に取り付けられた小さなランプのみ。それだけではとても全てを塗り潰す墨色を払うことはできやしない。

けれど暗がりに目を凝らし、リィンはますます説明できない騒《ざわ》めきを抱いた。

——何かが、変。

御者に声をかけるべきだろうか。それともあちらが何か言うのを待った方がいいのか。

リィンが取るべき態度を決めあぐねていると、馬の嘶《いなな》きと共に馬車が完全に停車した。

——こんな、何もない場所で……?

御者が動く物音が聞こえる。おそらく御者台を下りたらしい。けれど一切言葉を発することはなく、無言のまま。草を踏み移動する足音が奇妙に響き、扉のノブがゆっくり動いた。

「……っ」

迷うより先に、リィンの身体は動いていた。

それは己の直感に従ったと言う他ない。今逃げなければ、たぶん取り返しのつかないことになる。恐怖と混乱が綯《な》い交《ま》ぜになり、動けなくなってしまう前に。

リィンは少ない己の荷物を握り締め、体当たりの勢いで外へ飛び出した。

着地の衝撃で転ばずに済んだのは、奇跡に等しい。

本来であれば踏み台を用意してもらい馬車から降りるところを一気に飛び降りたのだから、脚への負担は相当なものだった。

これでも生まれてから王女として育てられ、幽閉されてからも淑女たらんとしてきた身だ。

当然、無謀な行動を取ったことなどなかった。自分でもこんなことをしでかすなんて、驚き以外何ものでもない。

だが驚愕したのは、リィンよりも御者の方だったようだ。

まさか突然元王女が飛び出してくるなど、想像もしていなかったのだろう。

扉ごと弾き飛ばされた形になり、男が地面に転がっている。振り返った一瞬でリィンが目にしたのは、彼の手に握られた鋭利な刃物だった。

「……っ」

ザッと背筋が粟立《あわだ》つ。全身の毛が逆立って、命の危機に全身が委縮する。

それでも両脚だけは止めまいと死に物狂いで前へ蹴り出した。

「この……っ、待ちやがれ！」

顔を打ったのか、男が片手で鼻を押さえながら大声で叫ぶのを無視し、リィンは方向を定めず全速力で暗闇を走った。

自分がどこへ向かっているのか、まるで分からない。スカートが下肢に絡みつき、一瞬でも気を抜けば転びそうだった。

乏しい光では、物の形を認識するのも難しい。山や建物、木々があるのかすら判然としない。けれど馬車の行き来もない場所なのは、足元に生い茂る草の感触から明らかだった。

もし修道院への道なら、多少は轍《わだち》ができていなければ不自然ではないか。

――おかしい……っ、そうよ、よく考えたらあの御者は自分の荷物をほとんど持っていなかった。小さな鞄《かばん》一つで……あれでは野宿は勿論、数日間の道程にも足りるわけがない。

私物は修道院に持っていかれないと言われ、最低限の着替えのみを纏めたリィンですら、一抱えの荷物にはなったのだ。それなのにリィンを目的地へ送り届け、その後アガラン国に戻る予定の男が手ぶら同然などあり得るはずがなかった。往復の旅なのだから、短くても一週間はかかるはず。その備えをしていない理由とは――

――旅などしないと、知っていたから……？

たった一日で終わる仕事だと、あの男が認識していたのなら。リィンを修道院へ連れてゆく必要はないと分かっていたことになる。

――それはつまり、私が早々に命を落とすと確信していた……？

恐怖で喉が引き攣《つ》った。脚はどんどん重くなり、吸い込んだ空気が肺を内側から突き刺してゆく。激しい呼吸のせいで、とても苦しい。

背後からは男の怒声が聞こえてくる。まだ立ちあがれないのか、迫りくる足音はない。それでも時間の問題に決まっていた。

男が回復すれば、きっとあっという間に追いつかれてしまう。リィンに土地勘はなかった。

――じっと身を潜めている方がいい？　だけどどこに隠れればいいのかも……っ

見回しても、重苦しい闇だけ。いっそ蹲《うずくま》り息を殺した方が男をやり過ごせるのでは。

しかし万が一見つかってしまえば万事休すだ。滲む涙を振り払い、リィンは萎えそうになる両膝を叱咤《しった》した。

――せめてもう少し距離を取って……！

手探りで進む宵闇は、泥の中を掻くのに似た気分だった。空気に粘度などないのに、とても重く動きにくい。吸い込む息さえ、どろりと湿気を帯びていた。

――私を修道院へ入れるというのは、嘘《うそ》だったの……？　お父様はそこまで私を疎んでいらしたの？

命だけは奪うまいと、最低限の情けをかけてくれたのだと信じていたのに。

人生の終わりは、どんな形であってもアガラン国の王女としてだとリィンは思っていた。それだけが、自分を支える矜持でもあったのだ。

だが現実は誰にも知られることなく、名もなき場所で無造作に殺されそうになっていた。

――そんなの嫌……！

母の無実を訴えられず、父に恨み言の一つも言えないまま終わりたくない。

何一つ成し遂げられなかった己の人生の終焉《しゅうえん》が、こんな惨めなものとは認めたくなかった。

いつか父が過ちに気づき、リィンを娘として愛してくれるのではないか。母の汚名を雪《すす》ぎ、地位と名誉を回復できるのではないか。希望は捨てたと諦めていても、まだリィンの心の底には摘み取り切れない願望が燻《くす》ぶっていた。

麻痺《まひ》していた心が、息を吹き返す感覚がある。

死にたくない、と強く願う。せめて何か一つくらい叶えたい。

自分の一番の望みは――

──死ぬ前にもう一度、ロレント殿下にお会いしたかった……

思いもよらなかった願望が脳裏に閃《ひらめ》く。驚いたのはリィン自身。

両親や自身に関することではなく、遠い昔に出会った少年の記憶が鮮やかによみがえった。

脚が縺《もつ》れ、地面に勢いよく転がったリィンの心に浮かんだ初恋の人。

幽閉される前、まだ幸せだった頃の煌めく思い出。初めての恋にときめかせた胸が、再び狂おしく熱を帯びた。

──忘れたと思っていたのに……

「……っく」

無様にも転んだ拍子にあちこち擦り剥《む》いたのか、掌や膝が痛む。おそらく血も滲んでいる。

どこかぶつけたらしく、四肢に上手く力が入らない。

這《は》うようにして叢《くさむら》に身を潜め、リィンは呻《うめ》き声を噛《か》み殺した。

夜明けには程遠い。一晩中こうしていても助かる保証は一つもない。

途轍もなく怖くて、泣いている場合ではないのに視界が涙で滲んだ。恐慌に陥りそうなところを、必死に宥《なだ》めすかす以外何もできず、震えばかりが大きくなる。

直後、荒々しくこちらへ向かってくる足音が聞こえてきた。

「どこへ行きやがった！　近くにいることは分かっているぞ！」

苛立った男の声に竦《すく》み上がらずにはいられない。土に顔を埋めても、男の気配が次第に接近してくる。

だが幸運にも男の進む方向が逸れた瞬間、リィンはそろそろと移動を始めた。

——このまま同じ場所に留まっても、見つかってしまう……！

慎重に、極力物音を立てず。

風が草地を吹き抜ける音と揺れに合わせ、低い姿勢で男から離れてゆく。そうして全身を汚しながら、リィンはより闇の濃い方向を目指した。

「諦めて出てこい！　俺はなぁ、頼まれたんだよ。お前を殺せば大金が手に入るんだ。誰にも望まれていない命なら、この先を生きながらえても何も良いことなんかないぞ。大人しくしていれば、苦しませずに殺してやる！」

そんな言葉で、『はい、そうですか』と受け入れられるはずもなかった。

けれど一つだけはっきりしたことがある。

——やっぱりお父様が私の殺害を依頼《つい》したの……

辛うじて残されていた希望は潰えた。

絶望感が全身を重くする。強く歯を食いしばっても、涙が溢《あふ》れるのを堪える術はなかった。

違っていたら、どんなに良かったことか。

止まらない涙のせいで視界が歪《ゆが》み、咄嗟《とっさ》の判断を誤ったのは、仕方のないこと。男から逃げようとして気が急《せ》いていたのも否めない。

這《は》い蹲《つくば》ったリィンの身体は、唐突に斜面を転がり落ちた。

「……っ！」

どうやらかなりの傾斜があることに気がつかず、身を乗り出してしまったらしい。

咄嗟に頭を庇《かば》ったが、落下するのは止められない。

背中や腿《もも》のあちこちを打ちつけ、突き出た岩に激突し、息が止まりかけるほどの痛苦に襲われた。

「きゃぁあ……ッ」

ようやく落下が止まった時には、もはや男のいた場所は、影も形も見えないほど遠く遥《はる》かな高さになっていた。

痛みと苦しさで何も見えない。分からない。聞こえるのは、リィン自身の呼吸音だけ。

それさえ、次第に遠《とお》退《の》いてゆく気がするのが不思議だった。

——音が……段々聞こえなくなってくる……

息を吸う度にぶつけた場所が痛み、胸が喘鳴《ぜんめい》を奏でている。その不快な音の隙間に、何者かが草を踏む音が交じった。

一歩。また一歩こちらに近づいてくる。

御者を装っていた男ならば、あの高さからこんなにすぐ下りてこられるとは思えない。だとすれば別人か、あるいは。

——ああ、どうしよう……もしも危険な野生動物だったら……

逃げなくては、と心は急く。にも拘《かかわ》らず、リィンの身体は全く動いてくれなかった。

段々視界が狭まり、滲んでゆく。瞼《まぶた》が下りてきているのだと察する前に人の脚が見えた気がした。

——男の……人？

人は命の危機に瀕《ひん》した時、過去の出来事を思い起こすという。

だからきっと、これもその一種なのかもしれない。

滲む視界の中、かつての記憶が揺らめいている。それは懐かしく切ない思い出。

漆黒の闇で、リィンがこちらに駆け寄ってくる人の姿を視認できたのは、その人物が松明《たいまつ》を掲げていたからだろう。

そしてその光景は、過去に見たものとあまりにもよく似ていた。

——……ロレント殿下……もう一度、お会いしたかったな……『あの夜』も、ロレント殿下は明かりを掲げ、私を捜し出してくださいましたね……

嬉しい言葉をかけてくれた優しい『お兄様』。庭園での憧れが明確に恋心になったのは、おそらくあの夜に違いない。初めて異性に対し、焦がれる感情を抱いた。

——忘れることなんてできない……だって、生まれて初めての恋だったんだもの……そしてたぶん、最後の恋でもあった……

そう思ったのを最後に、リィンの意識は闇に溶けてゆく。

代わりに胸いっぱいに広がっていったのは、宝物同然の思い出だった。

母と自分を顧みてくれない父に、せめて何か一言かけてほしいと望んだのは、九年前の母の誕生日だった。

ロレントがアガラン国に滞在中だった年のこと。

おざなりな祝宴は開かれても、この数年父が宴に顔を出してくれることはなくなっていた。それでもまだ、当時のリィンは淡い期待を捨てられずにいたのだ。

今年こそは、父が母のために姿を見せてくれるのではないか。

自ら選んだ贈り物を、持ってきてくれるのではないか。

毎年失望に涙すると分かっていても、『もしかして』の希望を胸に抱いていたのだ。

けれどその年の宴にも、父がやって来ることはなかった。

大方寵妃であるコレットと過ごしていたのだろう。下手をすれば、母の誕生日が今日であることも忘れていた可能性がある。

仕方ないと寂しげに漏らした母の横顔は、リィンの心を軋《きし》ませるのに充分だった。今年はロレントが出席してくれたから満足だと微笑んだ笑顔には、濃い翳《かげ》りがあったことも忘れられない。

宴が終わり虚《むな》しい喧騒《けんそう》が過ぎ去って、リィンは待つばかりではなく、自分が父に会いに行こうと決めた。

おめでとうの一言でいい。短い祝辞でも母に向けた言葉を聞きたかった。きっと自分が伝言役を務めれば、母も喜んでくれるに違いない。

そう思い至れば、じっとしてはいられなかったのだ。

意気揚々と部屋を抜け出したのは、とっくに夜の帳《とばり》が降りてから。

だが母への寵愛が薄れて以降、リィンが国王の宮に赴くのは数年振りな上、王宮はとても広く、意気込みとは裏腹にまんまと途中で道に迷った。

方向をすっかり見失い、自分が今どこにいるのかも分からなくなってしまったのだ。

迷い込んだ先はひと気がなく、誰かに助けを求めることもできなかった。

散々うろうろとさまよって疲れ果て、心細さに座り込んだとしても、いったい誰に責められよう。

まだ十歳の娘に、独りぼっちの暗がりは恐怖そのものだった。

どうしようと漏らした自分の声は、明らかに震えていたと思う。

嫌な妄想ばかりが逞《たくま》しくなり、疲れた身体も心細さを増大させた。

――お父様は何故私とお母様の傍にいてくださらないの？　お母様は私さえいなければ、今頃ランツ国へ戻れたのではないの……？　だとしたら私は、誰にとっても邪魔者なの……？

膝を抱え、声を押し殺して泣き、どれくらい時間が経ったのか。

ふと誰かに名前を呼ばれた気がしてリィンが顔を上げれば、遠くでランプの光が揺れるのが見えた。

『ロレント殿下……？』

『リィン殿下！　良かった……ご無事ですか？　姿が見えないと聞き、捜していました』

彼が明かりを掲げながらこちらに駆け寄ってきてくれたあの瞬間の感動を、表現する言葉は今も思いつかない。

ランプよりも光り輝いて見えたのは、ロレントの黄金の髪。眩《まばゆ》い金糸と圧倒的な美貌は、まるで地上に降り立った天使のように感じられた。

実際、リィンの窮地に颯爽《さっそう》と駆けつけ、助けてくれたロレントは、天の使いに等しかったとも言える。

全てが幻想的に映ったのは、自分の視界が、涙で滲んでいたことだけが理由ではない。魅入られて、いたのだと思う。彼から一時も目を離せず、瞬《まばた》きの間すら惜しかった。

『ご、ごめんなさい……ご心配と面倒をおかけして……』

どうやら彼はリィンの不在を知り、率先して捜してくれたらしい。

一国の王子であるにも拘らず、あちこち必死で歩き回って。

この時点で時刻は既に深夜零時を回っていた。慣れない異国で疲れているだろうに、ずっとリィンを捜してくれていたなんて、想像しただけで胸が震えた。

何故なら、王妃付きの侍女たちですら、大々的には捜してくれていないのを感じ取っていたためだ。

もし皆が真剣にリィンを捜索してくれていたのなら、もっと大騒ぎになっていなければおかしい。それこそあちこち明かりが灯《とも》され、大勢の人間が声を上げていても不思議はなかった。

だがそんな光景はどこにもなく、王宮内はある意味いつも通りの静寂を保っている。

つまり少ない人数でおざなりに見回っただけなのだろう。

それこそがリィンの立場を物語っていた。

『謝る必要はありません。それより心細かったでしょう？　こんなに身体が冷えている』

だからこそ、ロレントの本物の優しさや思いやりが、殊更胸を温もらせてくれたのかもしれない。

ロレントは思い切りリィンを抱きしめてくれた。それればかりか、『よかった』『心配した』と繰り返し、怪我《けが》の有無まで案じてくれたのだ。

汗ばんだ彼の身体も、乱れた呼気も、早い速度を刻む鼓動も全てごまかしのきかないもの。

見つけてもらえた安心感から大泣きするリィンを、ロレントはより強く抱きしめてくれた。

『大丈夫』だと優しく語りかけ、『君は悪くない』と告げてくれた。

きっと彼にはリィンが夜に抜け出した理由が分かっていたに違いない。

わざわざ言葉にせずとも、通じ合った心地がした。

まるで境遇は違うのに、『似ている』と感じたのは、たぶん勘違いではないと信じている。リィンの孤独やもどかしさを、ロレントは分かち合ってくれていた。

思い込みでもいい。大切なのは、リィンにとって彼が特別な人になったこと。

嗚咽が落ち着くまで、ずっと背中を撫《な》で続けてくれたこと。そして泣き続ける幼子を慰めるために、庭園に咲く花で指輪を作ってくれたことだった。

『……葉っぱの指輪……？』

植物の環を指に嵌《は》められたリィンは普段より子どもじみた口調で首を傾《かし》げた。すると彼は苦笑しつつこちらの乱れた髪を直してくれた。

『違います、よく見て。ここに赤い花があるでしょう？　花冠は難しいので、これで許してください。その代わりいつか……リィン様に広い海を見せて差し上げると約束します』

『海を？』

『はい。だからどうか、泣き止《や》んでください。そして大人になったら僕と――』

赤い花が見えなかった気まずさは、『海を見せてくれる』という約束でたちまち追いやられた。おそらく実現する可能性は著しく低い。それでも――

父にもこんなことをしてもらった記憶がないリィンにとって、初めて感じる男性からの労《いたわ》りだった。

とは言え、赤子のように大声で泣き喚《わめ》き、少し冷静になり落ち着いてくれれば、途端に気恥ずかしさがやってくる。

母以外の人の前で感情をできるだけ抑えていたリィンには、自分でも信じられない出来事だった。

特にこの数年間は、母にさえ涙を見せていない。自分がベソベソと泣いていては、母が心を痛めると知っていたから、寂しさや心細さを懸命に取り繕う術を覚えた。

何年もそうしていれば、子どもであっても慣れるものだ。

いつの間にか、本当の気持ちは自分自身にもよく分からなくなってしまった。

これくらい平気だと嘯《うそぶ》いて、その実、心は深く抉《えぐ》られていたのだろう。

たぶん、いつ我慢の限界が訪れてもおかしくはなかったのだ。今夜が、たまたまその日になっただけ。

今でも時折考える。

彼があの夜自分を見つけてくれなかったら、いったいどうなっていたことやら。

ロレントが捜し出してくれたのは、迷子になったリィンだけではない。心も、暗闇から救い上げてくれた。そのおかげで、歪むことなくその後も成長できたのではないか。

――ああ、だから……死の寸前にこうして思い出したのかな……

地べたに横たわったリィンの視界が暗くなる。

耳に届くのはどこか懐かしい声。だが覚えているものよりも少しだけ低く大人びた気がした。

だとしても、抱きしめてくれる腕の温かさは、全く変わっていない。

声音に滲む本心からの心配も。名前を呼んでくれる温かな響きも。

「リィン……もう大丈夫だ」

――昔の思い出なのに、どうして記憶と違うんだろう……ロレント殿下は私のことを呼び捨てにはしていなかったのに……

きっと頭が混乱している。もしくは幻を見ているに違いなかった。

そうでなければ説明がつかない。

彼はこの場にいるはずのない人。悲惨なリィンの人生を憐れんで、神が最後に垂れた慈悲が、この優しい幻覚だと思った。

――それなら、きちんとこの目に刻みつけて逝《い》きたい……

もう閉じる寸前の瞼を必死で開き、リィンは自分を覗《のぞ》き込んでくる男の顔を見つめた。

目深に被ったフードの下には、隠しきれない金の輝きがある。

静謐《せいひつ》な青の瞳は、暗闇の中でも麗しかった。物語の中でしか知らない海は、おそらくこんな色をしている。

ロレントが成長すればどんな男性になっているのか、夢想したこともあった。

しかし今まで想像してきたどんな姿も及ばない。

逞しく、より美しさを増した青年は、リィンの思い描いてきた全てを凌駕《りょうが》していた。

――幻影でも、もう一度会えてよかった……

これで終わりなら、できる限り後悔はしたくない。

リィンは痛む腕を持ち上げ、彼の頬に触れた。それは九年前をなぞる行為。

ロレントに助け出され大泣きし、ようやく嗚咽が治まってから、彼の方こそ泣き出しそうだと何故かリィンは思ったのだ。

「……悲しい、のですか？　寂しいなら、私がずっと傍にいてあげます……」

冷静に考えれば、悲しいのも寂しいのもリィン自身の問題だった。それなのに年上の男性に、何を上から言っているのだと、肝が冷える。

だがあの時も今も、リィンにとってはごく自然に漏れ出た言葉だった。たぶん、リィンが欲しくて堪らなかった言葉をくれたロレントに、少しでも恩返しがしたかったのだと思う。

痛みを抱えているなら手当てしてあげたい。空白があるなら、埋めてあげたい。

無力な自分であっても、寄り添うことくらいはしてあげられる。――いや、リィン自身がそうしたかった。

「だから……もう大丈夫、です……」

「――ああ……そうだね。二度と離さないよ」

また、過去の記憶とは微妙に違う。あの時彼はリィンの発言にキョトンとし、その後やや困った顔で笑ってくれただけだった。それなのに、今は大きく頷いて額《ひたい》に口づけまでしてくれるなんて。

――最期だから、幻も大盤振る舞いなのね……

夢のような幻覚を見ながら死ねるなら、幸せだ。もう悔いはない。

幸福感を噛《か》み締《し》めて、リィンの意識は夜に塗り潰されていった。

第二章　思い出と約束

やっと見つけた。

倒れた彼女を発見し、怪我の具合を案じるのと同じくらい、ロレントは歓喜が胸に広がるのを抑えられなかった。

ずっと、ずっと追い求めていた人。

それが手を伸ばせば届く距離にいるのだ。興奮するなという方が無理だった。

駆け寄り、素早く傷を検分する。頭を打っている可能性も考え、できるだけ動かさず確かめたが、幸いにも骨折などの大事にはなっていないらしい。

だが痛々しい出血を伴う擦り傷や打ち身に、ロレントは冷酷な声で命令を下した。

「……迅速にあの男を捕らえろ。生きて口がきける状態であればいい」

「かしこまりました。既に追手は放っております」

「王妃の横槍《よこやり》のせいで、リィンを捜し出すのに時間がかかってしまった……本当なら、塔での幽閉を解かれ、修道院へ移送される予定が——まさか暗殺を企《たくら》むとは……」

計画では、かすり傷一つ負わせず、リィンを安全に連れ去る予定だったのに。残忍なコレット王妃が私怨を募らせ、まさかこんな暴挙に出るとは想定外だった。

ましてや血の繋がった父親である国王まで、愚かな女の言いなりになり、娘の命を狙うなんて。どこまでこの国の王族は腐りきっているのだろう。

ロレントの整った顔立ちが険しく歪む。夜でも目立つ黄金の髪は今、目深に被ったフードで隠されていた。だが、それでも輝くばかりの美貌を薄めるには至らない。

むしろ乏しい光の中で、一種異様な存在感を放っていた。

「ご自分を責めないでください。殿下は充分手を尽くしました。リィン殿下は修道院で罪を贖《あがな》うため、王女としての身分を剥奪《はくだつ》され幽閉を解かれるとアガランでは公式発表されていたのですから……」

「奴《やつ》らの企みを見抜けなかった僕の落ち度だ」

「殿下は充分尽力なさったと思います」

「足りない。彼女を守るために、僕はこれまで長い間努力を積み重ねてきた。だがリィンを救えなかったら、何の意味もなくなってしまう」

いくら彼女自身に罪がないことは明白でも、一度正式に幽閉された王女を連れ出すには相応の名目が必要になる。

まして他国からの干渉でどうにかするのは、あまりにも分が悪い。一歩間違えれば、国政へ干渉したとして戦争になる。

そこでロレントが選んだ方法はアガラン国に人をやり、目と耳の代わりになる者を少しずつ育て、各地に根を張り、影響力を握ること。何年もかけ、労力と金を惜しまず。

情報の重要性は、痛いほど理解している。知らなかった、間に合わなかったでは済ませられない。一歩先んじて動けるかどうかが、運命の分かれ道となるのだから。

——この数年間手を尽くして、ようやくあの忌まわしい塔から、彼女を連れ出す手はずを整えたのに——

途中までは全て上手くいっていた。息のかかった者をアガラン国の至る所へ潜入させ、リィンに関する情報は逐一掴《つか》んでいたはずだ。狂いが生じたのはコレット王妃の口出しが発端に他ならない。

「リィン殿下が修道院へ送られる予定が、当日になって変更されるなんて、誰にも予測できません。全く別方向へ馬車に向かわれては、せっかくの待ち伏せも無意味です。こうしてリィン殿下を救い出せたのは、奇跡に等しいと思います……」

「……どうにか間に合ったが、そのせいで、不要な痛みを彼女に与えてしまった……」

「ですがロレント殿下だからこそ、ギリギリ間に合ったのです」

コレット王妃の悪意と執念深さを、完全に見誤っていた。

側近の男はロレントの手腕を称《たた》えてくれるが自分の腕の中でぐったりとして意識を失ってい

る彼女を見れば、とても『無事』などと言えるわけもない。

血の気を失った白い顔。手足のあちこちには血が滲んでいる。一刻も早く医師に診せなくては。

「ごめんね、リィン……僕がもっと早く駆けつけられたら良かった……」

長い、あまりにも長すぎる八年間だった。

その間、何度後悔にのたうち回り、屈辱を噛み締めたか知れやしない。

彼女の隣に駆けつけるどころか、手紙一枚リィンに届けることもできなかった。

アガラン国で何があったのか正確な情報がランツ国へ入ったのは、全てが手遅れになった後。

エリナ王妃が廃妃となり、処刑されたと耳にして、愕然《がくぜん》としたのは鮮明に覚えている。

最初に思い浮かんだのは『あり得ない』だ。

あの穏やかな人柄と、慎《つつ》ましくも優しく清廉だった王妃が、不義密通などという大罪を犯すとは到底思えなかった。そういった不誠実さを誰よりも嫌う人であったと記憶している。

そもそも彼女は己の立場を正確に理解していた。

属国に等しい弱小国から、並外れた美しさを理由にして貢物同然に嫁いだ身の上で、自ら地位を危うくするはずはない。

自身の肩にランツ国の行く末がかかっていることも重々分かっていたのは間違いなかった。

そんな彼女が、火遊びなどに興じるだろうか。百歩譲って道ならぬ恋に溺れたとしても、証拠を揃えられ、すぐさま処刑に至るほど軽はずみな行動をしたなんて、どう考えても不自然だった。

陰謀だと、誰しもが悟ったと思う。

にも拘らず、国として正式に抗議すらできなかった原因は、はっきりしている。

当時は、アガラン国とランツ国の国力の差は歴然だった。

それこそ比べることもおこがましいほどに、はっきりとした上下関係があったのだ。

兵力も、経済力も、文化的熟成も、技術力も。

全ての分野でアガラン国がランツ国を遥かに凌いでいた。唯一ランツ国が勝っていたことと言えば、国土の広さと民の多さくらいだろうか。

だがそれさえ不毛な地ばかりで人口が多く、各地で飢餓の恐れがある悩みの種でしかなかった。度重なる食糧支援を受け、二つの国はいつしか対等ではなくなっていたと言われれば、それまでだ。

そんな中、自国出身の王妃が大罪を犯し処刑されたと断言されては、大声で糾弾などできるわけがない。強気に出れば、手痛いしっぺ返しがくるのは明らかだった。

あまつさえこれから厳しい冬へ突入しようという時期と重なっては、形ばかりの抗議をする以上のことをどうしてランツ国にできよう。

その年は天候不順が深刻で、ただでさえ少ない実りが激減するのは目に見えていた。

例年以上の食糧支援をチラつかせられ口を噤《つぐ》んだのは、今でもランツ国にとって忌まわしく恥辱に塗れた記憶だ。

おそらく誰一人、忘れてなどいないに決まっている。母国のために嫁いだ公女を蔑《ないがし》ろにされ、最終的には名誉を地に堕《お》とされて、処刑されたのだから。

国力の差。それが枷《かせ》となり、媚《こ》びへつらうことしかできなかったとは。

このことは苦い経験として、ランツ国全ての民の胸に刻まれた。

ロレントも、例外ではない。

いや、ひょっとしたら自分こそが一番苦汁を舐めたと言っても過言ではなかった。

眠るリィンのこめかみにそっと口づける。深い青の双眸には、労りと愛情が溢れていた。

アガラン国への不信感と憎悪が募ったのは、エリナ王妃の件だけが原因ではない。

ロレントが最も許せなかったこと。

それは自分にとって命よりも大事な宝を、アガラン国が粗雑に扱ったことに他ならなかった。

九年前に出会い、以来ずっと心の中で大切に想《おも》ってきた愛《いと》しい少女。

いつかは手に入れたいと願い、母国に帰ってからは立派な後継者となるべく、より一層勉学は勿論剣術にも励んだ。全て、リィンに相応しい男になりたかったからだ。

それまでもいずれ王位につくのは己の責務だと思っていたし、誇りにも感じていた。しかしそこには『重責』も少なからず含まれていたように思う。

他に選べる道はなく、粛々と歩まねばならない未来だと諦めも滲んでいた。

まだ十五歳だった少年に、弱小国の舵取《かじと》りは荷が重かったのかもしれない。王太子になる許しを、アガラン国から受けなければならないことも、気持ちを複雑にさせていた。

主権国家でありながら、実際には属国同様。周辺の他国も、そう見做《みな》していることは確実だった。

重くなる心を笑顔で糊塗《こと》し、必死にアガラン国へご機嫌伺いをする。そんな自分を俯瞰《ふかん》してみて、滑稽だとすら自嘲していた。

うんざりとした気分が上向いたのは、エリナ王妃からリィンを紹介された瞬間。

無垢《むく》で愛らしく、人見知りの気がある少女はとても可愛らしかった。

恥ずかしがりつつも、きちんと挨拶してくれた姿は、今も忘れることはない。

一国の王太子でありながらアガラン国では下に見られることが多かったロレントに対し、彼女は最大限の礼儀を払ってくれた。

まだ幼い子どもだから、両国の力関係を把握していなかったのかもしれない。

しかしリィンの笑顔は、そんなことはどうでもいいと思わせる輝きを放っていた。

目にするだけで温かな心持ちになり、思わずつられてロレントの口元が綻ぶ、そんな柔らかい微笑みだったのだ。

可愛い、と口からこぼれたのはごく自然なこと。

普段なら、こんな軽薄な台詞は漏らさない。己の言動には細心の注意を払っている。だが、何の気負いもなく声にしてしまった。

あの時は『妹として』接しているつもりだったけれど、思い返してみれば違った可能性もある。こんなにも鮮やかに覚えているのがその証拠だ。

リィンの口にした言葉。ちょっとした視線。仕草の全て。当然、あの日彼女がどんなドレスを身に着けていたのかも、詳細に語ることができた。

ただの妹としか思っていなかったら、ここまで記憶に刻みつけてはいないはずだ。無意識のうちに心はもう惹《ひ》かれていたのかもしれない。

その上でリィンの境遇が決して恵まれたものではなく、不安定で後ろ盾の弱いものだと知り、自分と重ね合わせ、強い繋がりを感じざるを得なかった。

一見、何の問題もなさそうでありながら、実際には繰り人形同然。大国の大波に呑《の》み込《こ》まれまいと、健気に泳ぐ魚。

アガラン国という巨大な力の前に屈し、従順に振る舞って首を垂れるより他にない。己の意思や自由など、あってないに等しかった。

自分よりも幼く、いかにもか弱い彼女に対し、同情がなかったとは言わない。しかしそれ以上に共感と仲間意識が強かった。

使命感や義務感ではなく、守ってあげたいと他者に感じたのは、ロレントにとってこれが生まれて初めての経験だった。

触れた手は、ほんの僅か力を込めれば簡単に壊れてしまいそうに細くて白い。

丸い頬に落ちかかる睫毛の影さえ愛おしい。

俯《うつむ》きがちなリィンの顔が見たくて、『自分たちはハトコ』であると声をかけた。少しでも親近感を抱いてほしかったから口にした言葉だが、思いの外それは効果を発揮したらしい。

彼女は薔薇《ばら》色に頬を染め、瞳を輝かせてこちらを見上げてくれた。

緊張を孕みつつ『では……ロレント殿下は私のお兄様ですか？』と問い返され、胸が甘く疼《うず》くのと同時に、仄かな後悔が込み上げたことは秘密だ。

自分で妹と定義しておいて、早くも物足りなさを感じていた。

しかし刹那の間に浮かんだ躊躇《ためら》いは、微笑《ほほえ》みで拭い去る。

本音を隠すことには慣れている。そうでなければ、首にアガラン国の縄をつけられている状態で、上手く自分の国と民を守ってはいかれない。

ランツ国の次期国王になるということは、子どもらしからぬ処世術としたたかさを身につけることでもあった。

それでも、十五歳はまだ大人とは言いきれない。

いくらロレントが並みの子どもとは違い、賢く才能に溢れ、努力を惜しまず己の立場を弁《わきま》えていても、精神的な未熟さは残っていた。理屈で心は制御しきれない。

数日間をアガラン国で過ごす内、リィンに対する感情が淡い恋慕に変わったのは当たり前の成り行きだったのだと思う。

周囲は決して味方ではない大人ばかりの、気が抜けない日々の中、彼女の存在はロレントの癒《いや》しだった。

視界の端に捉えるだけで、身体の奥に溜《た》まった黒々としたものが消えてゆく。

声が聞こえればホッと息を吐けたし、挨拶だけでも交わせた一日は、華やいだものになった。

もっと姿が見たい。あの笑顔を自分に向けてほしい。名前を呼んで、他愛無い話ができたなら。

ある時など、寂しげな愁いを帯びていたリィンの表情が、ロレントの姿を見かけた刹那、パッと明るいものに変わったのを目にして、激しく胸が躍《おど》った。

かなり距離があったのに、彼女はすぐこちらに気づいたらしい。控えめに手を振る姿が、筆舌に尽くし難いほど愛らしかった。

必要とされている。頼られている。『王太子』としてだけでなく、自分自身を求められた心地がし、何とも言えない擽《くすぐ》ったさを味わった。

そんな日々を重ね、いつしかロレントがリィンを目で追う意味は、恋心に変化していた。

いよいよランツ国へ戻る日がやって来た時には、どうにかしてリィンを連れて帰れないかと本気で思案したほどだ。

けれどそれが不可能なことを、聡明《そうめい》なロレントは充分に理解していた。

今の自分では、強大なアガラン国の姫君を妃に迎えることなど叶うべくもない。リィン以外に大勢王女がいるならともかく、現状国王の実子は彼女と腹違いの弟だけだ。

ならばこちらが力をつけ、婚姻を結ぶことに利がある相手と思われるまでになるしかなかった。

「――ロレント殿下でなければ今夜この場に駆けつけることはできませんでした。九年前から今までずっと、殿下がいたからこそ我が国は発展できたのです」

「僕だけの力ではない。皆が協力して成し遂げられたことだ」

自国へ戻ったロレントがまず着手したのは、資源の有効活用だった。

農耕に適しているとは言い難いランツ国の土地には、豊富な天然資源が眠っている。これまでは、採掘技術や知識が圧倒的に足りず、それらを活用しきれていなかった。

「いいえ。殿下の類稀《たぐいまれ》なる指導力があればこそです。私財を擲《なげう》って知識のある者を異国から招いたのですから……」

だがその政策は一歩間違えれば、諸刃《もろは》の剣になり得る。

相手国の干渉を招き、国内の情報や貴重な資源の流出にも繋がる恐れがあるからだ。当然、ランツ国でも反対意見は多数上がった。

この国を売るつもりかと、面と向かって言われたこともある。

万が一アガラン国に知られれば、面倒なことになるのではないかと案じる声も少なくなかった。

資源については公にされておらず、『ランツ国はこれといって価値のない、無駄に広い国』と思われているからこそ、仮初の平和が守られているという意見も、あながち間違いではない。

本当は大金を産む資源が眠っていると各国に知られては、搾取されるか、はたまた侵略されないとも限らなかった。

だがいくら金の鉱脈が埋まっていようと、眠らせたままでは永遠にランツ国が豊かになる日は訪れない。活用できなければ、宝の持ち腐れ。

だからこそ不安を訴える者たちを真摯に説得し、ロレント自らが陣頭指揮を取ることで、国内貴族らの理解を勝ち取ることができたのだ。

「当時反対していた私の父も、今では殿下の先見の明に感服しております。更には造船業を一大産業に導いてくださり、どれほど国内が潤ったことか」

傷ついたリィンを前に消沈するロレントを励まそうとしているのか、側近の男は熱心に言い募った。

複雑な海流に三方を囲まれたランツ国では、あまり海運技術も発展してこなかった。大きな船を開発する資金不足だったことも否めない。

隣接するアガラン国へ移動するには陸路しかない上、その道中は険しい山や草も生えない荒れ地を進まなければならず、厳しい自然と野生動物に悩ませられてきた。

それらが外部の敵を退《しりぞ》けてきたとも言えるけれど、人や物資の流れがなければ経済的な発展も遠退いてしまう。

とは言え、大型の船を造ることは、他国に脅威とみなされかねない。戦争を仕掛けるつもりかと難癖をつけられれば、ランツ国などあっという間に消し飛ばされてしまうだろう。

そこであくまでも水面下で計画は推進された。

少しずつ。けれど着実に。目立たぬよう力をつけ、富を貯《たくわ》え。

警戒する必要もない格下だと侮《あなど》られているからこそ、成し得たことなのは間違いなかった。

これまで同様にアガラン国へ首を垂れ続け、その裏では他国との繋がりを結ぶ。

——そうしてようやく、アガラン国に踏みつけられないだけの国力を得た。だが——

可能な限り急いだつもりでも、間に合わなかったことがある。

それがエリナ王妃の処刑であり、リィンの幽閉だ。

八年前ランツ国が現在と同じ力を持っていれば、あんな結果にならなかったに決まっている。

押しつけられた穴だらけの報告を鵜呑《うの》みにするより他になく、むしろ謝罪せねばならなかった国王——ロレントの父はどれだけ屈辱に苛《さいな》まれたことか。

人払いした執務室で、父が声を殺して泣いていたことを、ロレントは知っている。

あの時、握り締めた拳には爪が突き刺さり、血が滲んだ。

だが耳を疑う話は、これだけで終わらなかった。

リィンがエリナ王妃の火遊びで生まれた子だと実《まこと》しやかな噂が流れ、牢獄同然の塔に幽閉されたと知らされたのは、直後のこと。

ロレントにしてみれば、『何を馬鹿な』としか言えなかった。リィンが父親であるアガラン国王によく似ていることを、己の目で見て知っていたからだ。

己の血縁でもある彼女を、あんな国にはとても置いておけない。いつか必ず見くびられることのない国を作り上げ、リィンを救い出すこと。それこそがロレントを衝《つ》き動かす原動力になった。

生きる目的と言い換えてもいい。たとえ何年かかっても成し遂げようと心に誓った。

初めてリィンと出会った日から九年。決して短くはない年月が過ぎた。

その間ロレントの心を奮い立たせてくれたのは、あの庭園で目にした彼女の笑顔の記憶。

また、エリナ王妃を救えなかった罪悪感がずっと燻ぶり、リィンの泣き顔が同じだけ脳裏にチラついた。

それ故、もう一度彼女の笑みを目にするまではと、どんな苦境にも耐えられたのだと思う。

取り返さなくてはならない。如何なる手段を講じても。

だからロレントはこちらの動きを気取られないよう、かの国へゆっくり侵食し、リィンの現状を把握するため、塔を監視する兵の中にも間者を忍び込ませた。

ティリスもそのうちの一人だ。

彼からもたらされた情報をもとにして今回、リィンが修道院へ送られるのを利用し、奪い去る計画を練った。

王宮の敷地内にある塔から攫《さら》うより、その方がよほど危険が少ない。

父王から見限られ、王族から放逐された元王女に、忠誠を誓う者などいやしない。

彼女が何者かに連れ去られたとしても、何事もなかった振りをするはずだ。どうせ王家がリィンの『その後』を確かめにくることなど、あり得ないのだから。

――仮にこちらの企みを知られたところで――ランツ国は、もはやかつてのように何もできないわけではない。

「……ん……」

ロレントの腕の中、身じろぐ彼女は温かかった。

九年振りに触れた温もりは、昔と同じ。けれどその重みや感触は、大人の女性へと変化していた。この瞬間をどれほど待ち焦がれたことか。

ロレントは歓喜を噛み締め、宝物を抱え直した。

――多少計画が狂ったが……やっと、手に入れた。

もう二度と手放さない。奪われるだけで終わるつもりは一切なかった。

アガラン国がリィンをいらないと言うのなら、喜んで自分がもらい受ける。いや、渡さないと拒まれても奪い取ってみせる。

両国の関係は既に逆転していることを、いつどうやってこの国に知らしめてやろう。

夜の闇の中、雲が晴れて月明かりが差す。

ロレントは柔らかな光を浴びながら、秀麗な美貌を綻ばせた。

◇◇◇

揺れている。

夢現《ゆめうつつ》の中、リィンは心地いい揺れに身を任せていた。

それに嗅いだことのない、不思議な匂いがする。また不規則でありつつ心地いい音が鼓膜を擽った。

どれもこれもリィンにとって初めてのもの。

目を閉じていても眩《まぶ》しい光が瞼を透過し、リィンは寝返りを打った。

「……？」

その瞬間、いつもの硬く狭い寝台との差に気がつき、リィンは動きを止めた。

――一日の内で一番窓から光が入ってくる正午だって、こんなには明るくないのに……？

頭をのせている枕も、ふわふわとして心地がいい。清潔な寝具の香りがする。

それに半身を覆ってくれている掛布も、肌触りから上質なものであることが窺《うかが》えた。こんな品は、幼い頃にしか使った覚えがない。

幽閉されるようになってから、リィンに与えられるものはどれも最低限の品ばかりだった。この数年はティリスを始めとする親切な兵が、心を砕いてくれていたけれど——

——ここは……どこ？

恐る恐る瞼《まぶた》を押し上げたリィンは、室内の明るさに双眸を瞬いた。

これまで八年間を過ごした塔の一室と比べると、とても広い。それに何て素敵な調度品の数々だろう。

青を基調にし、爽やかかつお洒落《しゃれ》でありつつも、すっきりと纏められていた。こんな内装が施された部屋は、王宮内にもなかったはず。派手好みの父やコレットの趣味とも思えない。だがリィンが知っているのは随分昔の話だ。

しばらく出入りしないうちに、こんな部屋も造られたのかもしれない。

と、強引に己を納得させようとしたが、無理だった。

——もしそうだとしても、私が塔から出られるはずがない……まして居心地がいい場所に私がいることを、コレット王妃様が許すとは思えないもの。

彼女が産んだ息子の邪魔になる、先王妃の娘として冷遇され続けた身としては、コレット王妃の恐ろしさは嫌というほど分かっていた。父が決して助けてくれないことも。

故にリィンは半身を起こし、身を強張らせた。

その時、うねるように寝台が揺れる。いや、部屋全体が奇妙な浮遊感に襲われた。

「……えっ」

こんな感覚は初めてで、思わず悲鳴が唇から漏れた。

慌てて両手を寝台についたものの、揺れは治まる気配がない。気のせいではない証拠に、枕元に置かれた水差しの中で、水面が波打った。

「な、何……っ？」

上に視線をやれば、天上から下げられた照明も左右に振れている。

驚いたリィンは窓の外に視線をやり、更なる混乱に見舞われた。

青だ。見渡す限り、空も地面も青い。ただしその色味の濃さが違う。

空は雲一つない爽やかな青。そして地面は。

——違う……これはまさか、海？　本で読んだことしかないけれど、巨大な水たまりだと表現されていた……

だが眼前に広がる光景は、とても『水たまり』などではなかった。

空と違わないほど雄大で、どこまでも無限に広がっている。はるか遠くで空と接する境界線は、優美な弧を描いていた。

一時も鎮まることのない波が、白い飛沫《しぶき》を上げてひっきりなしに形を変える。その度にリィンがいる場所もゆらりと蠢《うごめ》いた。

ミャアと猫の鳴き声に似た声につられ上空に目をやれば、白い鳥が飛んでいる。

図鑑で見たことのある姿に、リィンは目を丸くした。

——あれは海鳥……王都のある内陸部で、見かけることはない。生息地が違うもの。餌になる魚がいる場所でしか、あの鳥は生きられない。……では先刻から聞こえていたのは、波の音？　海は独特な潮の香りがすると何かに書かれていた……だとしたら、私はひょっとして船に乗っている……？

経験がないことばかりで、現状が上手く把握できない。

それでも持ち合わせた知識で、リィンはそう結論付けた。

いったい何がどうなっているのか。さっぱり分からず恐慌に陥りそうになる。

リィンの記憶では、ついさっきまで暗闇の中を襲撃者から逃げ惑っていたはずだ。

不注意で高いところから落ちてしまい、もう駄目だと思ったのに——

何故自分は、見たこともない海にいるのだろう。この船がどこへ向かっているのかも分からず、リィンはよろめく脚で寝台を下りた。

「……痛……っ」

床に踵《かかと》を下ろした瞬間、足首に鋭い痛みが走る。おそらく転がった際に捻《ひね》ってしまったに違いない。見れば、リィンの足首には真っ白な包帯が巻かれていた。

――手当てされている……では私は囚《とら》われたのではないの……？

もし自分を殺そうとしていた御者に捕まったのなら、今頃とっくに命を奪われているだろう。そうでなかったとしても、こんなに素晴らしい部屋に寝かされ、怪我の手当てまでされているわけがない。

ならば考えられる可能性は一つ。

――誰かが、助けてくれたの？　だけど……誰が？

思い当たる人物はいない。そもそも父の決定を覆《くつがえ》してまでリィンに与《くみ》してくれる者など、あの国にいるとは思えなかった。

毛布を融通してくれるのとはわけが違う。命令に逆らえば、己の身が危うくなる中、命懸けでリィンに手を差し伸べる理由はない。それほどの価値が自分にないことを、リィン自身が誰よりも分かっていた。

――だったら、何故……

「目が覚めたんだね。傷の具合はどう？」

その時、突然背後から声をかけられ、リィンは飛び上がって驚いた。

振り返れば、息を呑《の》むほど美しい男性が茶器をのせた盆を持って立っている。

母と同じ金の髪。印象的な青の瞳は、たった今目にした海の色よりも深く綺麗だった。

すらりとした体躯《たいく》は、身長が大きくても威圧感はない。柔和な笑みがどこか人懐こく、リィンのささくれ立った心を慰撫《いぶ》してくれた。

「ど、どなたですか……？」

けれど見覚えがない。こんなに並外れて容姿の整った人であれば、一度会えば忘れないと思う。それ以前に他者との交流が著しく乏しいリィンに、交友関係があるはずもなかった。

眼前の男性は明らかに高貴な身分だと窺える。優雅な所作は勿論、身に着けている服が簡素なものでも上質であるとすぐに分かったためだ。

「忘れてしまったの？　寂しいな……でも随分昔に会ったきりだから、仕方ないね。あの当時から、僕もかなり背が伸びたし」

「昔……」

おそらくそれは、少なくとも八年前に違いない。

リィンの記憶の扉が刺激される。ふと、『緑の庭園』が鮮やかによみがえった。

母と一緒に散策した大切な思い出。

花の香りと、風の心地よさ。ランツ国を模した庭園で、母とは何度も楽しい時間を過ごした。

けれどただ一度だけ、別の人物が同席していたことがあったではないか。

姿も立ち居振る舞いも、実際の身分も紛れもない王子様と――

「……ロレント殿下……っ？」

信じられない。

当時の彼はまだ、少年らしさを留めていた。線が細く中性的で、その美しさは完成されていたが、未だ『男』ではなかった。

それが今はどうだ。大人の男性に成長したロレントは、他者の目を奪う魅力を放っている。厚くなった胸板も、逞しくなった手足や伸びた身長、鋭角的になった輪郭と凄《すご》みを増した美貌も全て、リィンの視線を強引に惹きつける。

おそらく、十人の人間がいれば皆が彼の完璧な美しさに言葉をなくすはずだ。

「思い出してくれたなら、嬉しい」

昔よりも随分砕けた口調で、彼は微笑んだ。その完璧に整った美貌から繰り出される笑顔の輝きは、長年石壁ばかり眺めてきたリィンには眩し過ぎる。

さながら太陽を直視してしまった気分になり、慌てて目を逸らした。

「どうしてロレント殿下がここに……――あ……もしかして私を助けてくださったのは……」

意識を失う前の記憶を、急激に思い出した。

あの時、倒れた自分に駆け寄ってくる影が見えた。朦朧《もうろう》としていたせいで定かではないが、男性であったように思う。

それからどこか懐かしい金と青の色味が視界を埋め尽くしたではないか。

「リィンが眠っている間に医師に診せた。大きな怪我はないと言っていたが、あんな高い場所から落ちたんだ。どこか痛む場所があれば、すぐに教えてほしい」

遠回しではあるものの、それはリィンの疑問に頷いたのと同義だった。

「あ、ありがとうございます。でも何故あの場にロレント殿下が……そ、それにこの状況はいったい……私はどれくらい眠っていたのでしょう?」

「リィンが意識をなくしていたのは一日半だ。残りの話は座ってしないか? まだ君の体調は万全とは言い難いだろう」

確かに立っていると足首に負担がかかる。座り心地のよさそうなソファーを指し示されたリィンは、素直に彼の提案に従った。

「よかったら、これを飲んで。食事も後で運ばせる」

優雅な手つきで茶を淹《い》れてくれたロレントが、ティーカップをリィンに勧めてくる。

芳《かぐわ》しい香りが漂い、自分の喉が渇いていることを初めて悟った。

「ロレント殿下にこんなことをしていただくなんて、申し訳ありません……ですがありがたくいただきます……」

「あまり畏まらないでほしいな。砂糖もどうぞ」

幽閉生活では、茶は貴重なものだった。大事に節約しながら、ばあやと分け合ってきたのだ。

ところが茶よりも高価な砂糖まで『いくらでもどうぞ』と言わんばかりに硝子瓶ごと前に置かれ、リィンはしばし唖然《あぜん》とした。

砂糖はアガラン国でも高級品だ。申し訳ないがランツ国では尚更《なおさら》ではないか。そう思えば、軽々しく手を伸ばせるはずがなかった。

「甘いものが好きだったよね？」

リィンが瞳を瞬かせているうちに、彼がスプーンで砂糖を掬《すく》う。それもかなりの大盛りだ。

戸惑っている間にロレントは迷いなくそれをリィンのカップへと投入した。

「え……っ」

「足りない？　昔は三杯は入れていたね」

リィンの狼狽《ろうばい》をどう解釈したのか、小首を傾げた彼は続けざまに砂糖を追加してきた。

そんなに甘くした茶なんて、もう何年も飲んでいない。故に甘味《あまみ》に飢えていたリィンの身体は、はしたないと知りつつ喉を鳴らした。

「さぁ、どうぞ」

「ぁ、はい……ぁ、ありがとうございます……？」

リィンの前に腰を下ろしているロレントの笑みに気圧され、断ることはとてもできなかった。

瀟洒《しょうしゃ》なカップを受け取って、口をつける。

出がらしの茶とは比べものにならない芳醇《ほうじゅん》な味と香りが、全身に染み渡ってゆく心地がした。

「……とても美味しい、です」

「それはよかった。エリナ様も好まれていた茶葉だからね」

「お母様が……」

思いもよらないところで母の名を出され、リィンの心が乱れた。

久しぶりの美味しい茶と甘味で解《ほぐ》れかけていた気持ちが、ぎゅっと引き締まる。先ほどは上手くはぐらかされてしまったけれど、この状況についてきちんと確認しておかなければ。

「あの……ロレント殿下が私を助けてくださったのですよね？　ですが移動距離や時間を考えれば、あそこはアガラン国内であったはずです。何故、貴方があの場にいらっしゃったのでしょう？」

いくら隣国であっても、そう簡単に行き来はできない。リィンの知る限り、陸路で半月以上はかかるはずだ。

それ以前に、王族が他国へ赴くこと自体、相応の理由がなければ許されないだろう。

「リィンが修道院に送られると聞いて、居ても立っていられなくなったからだよ。僕は君を自由にしてあげたかった」

「私を……？」

予想していた答えとは全く違う返事をされ、リィンは視線を揺らした。

偶然あの場にいたと言われた方が、まだしも納得できた気がする。

リィンとロレントはハトコではあるけれど、親密な交流はなかった。それは勿論リィンが長年幽閉されていたことも理由の一つだが、彼が国境を越えてまで自分を救い出しにきてくれる理由が見当たらないのだ。

こう言っては身も蓋もないものの、ランツ国はアガラン国の不興を買いたくないに決まっている。王家の意向に逆らってまで、リィンを助ける義理はない。それができるのなら、母が処刑される前に同じことが可能だったのでは――と恨み言が心を過《よぎ》った。

――いいえ……娘の私が傍にいても何もできなかったのに、遠く離れた地からお母様を救えたはずはない……

この気持ちは、今なお昇華しきれない悲しみを誰かにぶつけたかっただけ。言わば、八つ当たりに他ならなかった。

「……エリナ様の件は間に合わず、申し訳なかった……許してくれとは言えない」

リィンの複雑な胸の内を読んだかのように、ロレントが深く頭を下げてくる。その姿を、リィンは唖然として見つめた。

「ロレント殿下に非はありません……！」

事実、彼には何の咎《とが》もない。リィンの中に湧き起こった刹那の怒りは、本来ならそのまま自分自身へ向けたもどかしさだ。

謝罪など初めから求めていないし、そんな必要は微塵もなかった。

母の処刑に関して罪があるとすれば、陰謀を巡らせた者。更にそこへ加担した者のみ。

けれど首を左右に振るリィンの眼前で、ロレントは深く首を垂れ続けた。

「……いや、僕には何もできなかった。エリナ様の名誉を守ることすら……」

「そんなこと……」

真摯な言葉がリィンの胸を温《ぬく》もらせる。それ以上に嬉しかったのは、彼が言外に『母の無実』を前提として話してくれたことだった。

――ロレント殿下は、お母様が不義密通なんて犯していないと、信じてくださっている……

アガラン国内では、誰ひとりリィンの言葉に耳を傾けてはくれなかった。

いくら『お母様はお父様を裏切っていない』と訴えても、冷えた眼差しを向けられただけ。

それなのに彼は、リィンが何か言い募るより先に、母の潔白を確信してくれている。

そのことが歓喜となってリィンを震わせた。

「……ロレント殿下は、母を信じてくださるのですね」

「勿論だ。だからこそ、リィンを絶対に救い出したいと思った。君にも罪は、欠片《かけら》もないのだから」

「ああ……」

やはり彼は、いつもリィンが望む言葉を贈ってくれる。

喉から手が出るほど欲しくて堪らなかった言葉を貰《もら》え、リィンの瞳に涙が滲んだ。

「長い間、君を助ける策を練っていた。最大の機会は、塔から別の地へ移される時だ。だから、修道院へ移送される今回を狙い、リィンを連れ去るつもりだった。――ちょっとした手違いが起こり、君に怪我を負わせてしまい、申し訳ない」

手違いとは、確認するまでもなく殺されそうになった件だろう。

命を狙われた恐怖が思い起こされ、しばらくは思い悩まされることを覚悟した。

真っ暗闇の中を這い蹲って逃げ惑った恐ろしさは、骨の髄まで刻まれている。おそらく、容易に忘れることはできないに違いない。

「……気になさらないでください。危ないところを助けていただき、感謝しております。ですが……私のことで、ランツ国へ迷惑がかかることはありませんか？」

もし面倒事に発展するなら、どこか適当なところで放り出してくれて構わないと思った。

世間知らずのリィンが簡単に一人で生きてゆけるとは思わないが、ロレントやランツ国へ負担をかけるわけにはいかない。それはきっと母も望まない。

――大丈夫よ。死に物狂いで頑張れば、必ず道は開けるわ。せっかく救ってもらった命を無駄にしたくもないもの。

リィンは拳《こぶし》を握り締め、これからのことへ思いを馳《は》せた。

アガラン国へは戻れない。どこか異国の大きな町ならば仕事が見つかるだろうか。

幸いにも縫い物や刺繍《ししゅう》なら自信はある。いくつかの言語も読み書きできるので、翻訳などの職があれば……と思いを巡らせていると。

「心配はいらない。君に危害を加えようとした不届き者なら、捕らえてある。リィンの行き先を知る者は、どこにもいないよ」

「そう……なのですか」

だとしたら、本当に自分は自由になれたのか。

辛いことの多かったあの国から。居場所なんてなかった王宮から。

生まれて初めて抱いた解放感に、リィンは頬が上気するのを感じた。まるで背中に羽が生えたよう。今なら軽やかに飛べる気もした。

「それでは大変申し訳ありませんが、頃合いの良いところで私を降ろしていただけますか？後は自分で何とかいたしますので」

固い決意を胸に、自分としては本気でそう言ったのだが、ロレントには予想外の言葉だったらしい。彼は愕然と目を見開いた後、堪えきれないといった風情で破顔した。

「ふっ……ははは、リィンは面白いことを言うね。残念だけど、それは無理だ。あと一週間は港に到着しない」

「えっ」

「仮にどこか別の港に立ち寄るとしても、君一人置いていくわけがない。だってリィンは我が国に来るのだから」

「……っ？」

人間、本気で驚くと声も出なくなるのか、唇は半開きのまま固まっていた。

「約束を果たすのが随分遅くなってしまったけれど、迎えに来たよ、リィン。ずっと一緒だと誓ったじゃないか」

「え……ええっ？」

あれは幼子の他愛無い口約束に過ぎなかったはず。実現されるなんて、夢にも思っていなかった。それなのに当たり前の顔をしてロレントはリィンの手を取り、そっと唇を寄せてくる。手の甲に落とされた彼の唇は、柔らかく温かかった。

「共に来てくれるね？　不自由はさせないと約束する」

「ランツ国へですか……？　いくら何でも、そこまでご迷惑をおかけするわけには……」

「迷惑など考えなくていい。だいたいランツ国は君と無関係ではない」

「ですが……」

諸手《もろて》を上げて迎え入れると宣言されても、リィンは頷けずにいた。

甘えてしまいたい気持ちは確かにある。母の故郷を自分の目で見たい願望も。しかし己の軽はずみな選択で引き起こされる事態を考えれば、簡単に受け入れられることではなかった。

「……いえ、やはり行けません。父やコレット王妃様が万が一この件に気がついたら……――ここまでしていただけただけで、充分です。どうか途中の港で下ろしてはいただけませんか」

死を覚悟した直後、こうして初恋の人に再会できただけでも自分には過ぎた幸運だった。

この喜びを胸に抱き、強く生きていける。そうしなければならないと、リィンは秘《ひそ》かに己を奮い立たせた。だが。

「君のお願いは聞いてあげたいけれど、現実的に不可能だ。この規模の船が着岸できる港は少ない。それにまだ、あまり存在が大っぴらになっては困るのでね」

「え……」

リィンが今いる部屋の規模から考えて、この船がかなり大きいものであることは予測がついていた。しかしまさかそれほどとは。

リィンが驚いていると、立ちあがったロレントがこちらに手を差し伸べてきた。

「せっかくだから、足首が痛まない程度に船内を案内しよう。おいで」

「ロレント殿下……っ？」

九年前より大きくなった手は、あの頃よりずっと逞しくなっていた。

硬くなった皮膚は剣を握ってきたからだろうか。あちこち傷痕も残っている。

おそらく相当な鍛錬を積み重ねてきたのだろう。

優美な王子様然としたロレントの印象とはかけ離れており、リィンはどうすればいいのか戸惑わずにいられない。つい彼の手を見下ろしていると、苦笑したロレントがリィンの手を握り締めてきた。

「……！」

「船も海も初めてだろう？　道中は長い。退屈しのぎには充分なるはずだ。ああ、これを羽織って」

「お、お待ちください」

半ば強引に上着を着せられた上に手を引かれ、リィンは船室から連れ出された。

扉を開けた瞬間、目覚めた際にも感じた匂いが強くなる。波音と海鳥の鳴き声が、驚く音量で鼓膜を揺らした。

「わぁ……っ」

甲板に出れば、潮気を含んだ風がリィンの髪を吹き散らした。少しだけべとつく気もする。だがそんなことは欠片も気にならなかった。

右を見ても左を見ても、振り返っても一周ぐるりと海に囲まれている。

窓越しに見た光景とは比べものにならない。本の挿絵は足元にも及ばなかった。

無限に広がる無数の青。輝く海面が潮騒《しおさい》を奏でる。眩しくて瞳を細めずにはいられないのに、閉じることはしたくない。

一瞬も同じ形をしていない波を記憶に留めたくて、リィンは圧巻の光景に目を奪われた。

「すごい……」

船が揺れる。遠くで海水が吹き上げられ、噴水のようになった。

「何……っ？」

「鯨《くじら》だ。知っているか？　とても大きな生き物なんだ」

「鯨……っ！　ええ、存じております。本で読んだことしかありませんが、哺乳類でありながら海で暮らす巨大な生物だと……！」

興奮気味にリィンが返せば、ロレントが柔らかく相好を崩した。

「リィンは博識だな」

「いえ、そんな……長い間、本を読むことくらいしかできなかっただけで……」

褒められ慣れていないリィンは頰を染めて俯いた。

それにはしたなく大声を出してしまったのもみっともない。感情を表に出すのはよくないと、子どもの頃から身につけてきたのに。

──ロレント殿下の前だと、私は自分を隠せなくなってしまう。

彼の醸し出す優しい空気がそうさせるのか。不思議と素のままのリィンが顔を覗《のぞ》かせてしまった。

「も、申し訳ありません」

「何故謝る？　リィンは一つも過ちを犯していないし、失敗もしていないのに。それより今度は向こうを見てごらん」

頰に添えられたロレントの指先に促され、リィンは顔を上げた。その視線の先に、流線型の生き物が跳ねる姿が飛び込んでくる。

一頭だけではない。数頭が競うように、次々と空中へ見事な跳躍を見せた。

「あれはもしや、イルカですか？」

「ああ、そうだ。両方を一気に見られるとは、リィンは運が強いな。この分ならもっと珍しい生き物もお目にかかれるかもしれない」

「本当ですかっ？」

リィンはその言葉に目を輝かせた。

是非、見てみたい。叶うなら、もっと近くで。

自分の一生は塔の中で終わるものだと思っていた。修道院に入っても、囲う檻《おり》が変わるだけのこと。こんな幸運には恵まれないと諦めていた分、より期待と興奮が募る。

逸《はや》る気持ちを抑えきれず、身体はふらふらと船の縁《へり》まで近づいていった。

「身を乗り出しては駄目だよ」

背後からロレントに腰を抱かれたことにも気がつかず、リィンは遠く水平線を眺めた。

乱反射する光が目に痛い。それでも高価な宝石よりずっと綺麗で、瞬きする間すら惜しかった。冷たい風もまるで気にならない。

「何て綺麗なの……」

そして雄大だ。こうして見ても、到底信じられない。いったいどれだけの量の水が、ここにはあるのか。

海の色は、場所によりまるで違って見える。だが濃い群青は、彼の瞳の色だと思った。

「リィン？」

思わず背後にいるロレントを振り返り、その双眸を覗き込む。いつもなら、こんな風に人の顔を正面からまじまじと直視したりはできなかった。

失礼だと感じるし、反対に己の本心を見透かされそうで怖かったせいもある。

しかし今はそんな不安も忘れ、彼の目の色彩と海の色とを見比べた。何度も視線を往復させ、やはり似ていると満足するまで。

「……そんなに見つめられたら、流石に照れるな」

「え？　――ぁ……っ」

甘く耳元で囁かれ、リィンは自分が彼の腕の中にいることにやっと気がついた。ロレントの両腕が腹に回り、しっかりと抱きしめられている。

「ロレント殿下……っ？」

「何か思いついて夢中になると、猪突猛進《ちょとつもうしん》なのは変わらないね。だけどそういうところも可愛らしい」

彼の吐息が耳朶《じだ》を擽る。その湿り気を帯びた熱が、リィンの全身を粟立たせた。

「ん……っ」

掻痒《そうよう》感で、ゾクゾクする。落ち着かない心地がし肩を跳ね上げれば、ロレントの唇がリィンの耳殻に触れた。

「リィンがもし足を滑らせて海に落ちたら大変だ」

「へ、平気です……っ、そこまで無茶は致しません……！」

そもそもかなり身を乗り出さなければ、落下する心配はなさそうだ。とは言え、船が大きく揺れれば危ういかもとは感じた。

「君が満足するまでいくらでも景色を楽しんでくれ。僕のことは命綱か何かだと思えばいい」

世の中に、これほど見目麗しい命綱などないことは、リィンだって知っている。

しかも人を道具扱いする気もさらさらない。更に言えば、ロレントに腰を抱かれた状況で、これ以上呑気《のんき》に海を眺めるのは不可能だった。

「あ、あの……放してください」

「危険だから駄目だ」

「もう、縁から離れますから！」

「だったら、完全に安全な場所へ移動するまで、こうしていよう」

いくらリィンが言い募っても、彼は一向に放してくれる気がないらしい。むしろ両腕の作る輪が狭まった気もする。

背中にロレントが密着するのを感じ、リィンは頭が沸騰しそうになった。

――ど、どうしたらいいのかさっぱり分からないわ……！

振《ふ》り解《ほど》くのは躊躇《ためら》われる。かと言って、このままなのも落ち着かない。何も考えられず、おかしな汗が先ほどから止まらなくなっていた。それに――嫌ではないのが本音だ。

こうして彼と身を寄せ合っていると心臓が破裂しそうになるのに、同時に言葉にしがたい安心感もあった。守られている気分と言い換えてもいい。

母を亡くして以来久しく忘れていた感覚を思い出した。

包み込まれる安らぎ。このまま全て預けて微睡《まどろ》んでしまいたい心地よさ。

ばあやのことも信頼していたし、大切な家族だと思っていたけれど、頼れる相手ではなかった。むしろ自分の方がばあやを支えなければならないと感じていたほどだ。

だからこそ、広く逞しい胸板の感触に包まれて人肌の温もりを感じ、とても安堵《あんど》してしまったのだと思う。

「こ、これではまともに歩けません……」

「ではしばらくこのままで」

結局のところ、ロレントはリィンを抱きしめたまま放すつもりはないらしい。

潮風が散らしたリィンの髪を、彼が押さえてくれる。後頭部を撫でてくれる感触が気持ちいい。

耳朶にはロレントの唇が寄せられたまま。息をする度、彼の吐息がリィンの肌を炙った。

「わ、私を本気でランツ国へ連れてゆくおつもりですか……？」

「嘘だと思ったのか？　別に何の不思議もないだろう。祖国に帰るだけだ」

「祖国……」

一度も足を踏み入れたことがないのに？　と言う気にはなれなかった。

リィンの母は生まれた国について多くを語る人ではなかったから、自分はランツ国についてほぼ何も知らない。精々本に書かれていたことを、情報として受け止めただけだ。

実物に触れたのは、母が好んでいた庭園の植物についてのみ。とてもリィンの祖国とは言えないし実感することもできやしない。

見知らぬ他の異国と変わらず、郷愁は皆無だった。

それでも偽りなく正直になれば、リィンは『行ってみたい』と思っていた。

母は決して口にしなかったけれど、彼女が母国に帰りたがっていたことは知っている。いつも、寂しげに庭園を眺め、どこか遠くへ思いを馳せていた。

その度に、リィンは自分が厄介者なのではないかと恐ろしくなったのだ。

――私さえいなければ、お母様はランツ国へ戻れたかもしれない。お母様がずっと懐かしんでいた国……きっと素晴らしい場所なのでしょうね……

読んだ本には、ランツ国は荒れ地ばかりで貧しく、文化的熟成度も低いと半ば嘲りと共に記されていた。母の立場の弱さを考えても、内容の大半は真実だと思われる。

だがそれは、その本の著者がアガラン国出身だったことも関係しているだろう。

自国が如何に素晴らしいかを語るために別の国を貶《おとし》めているのが、行間から滲んでいた。

だから、リィンはこの目で見てみたい。

人の言葉を鵜呑みにするのではなく、自らの目と耳で真実を確認してみたいと思った。

せっかくこうして自由を得たのだ。ならばもう少しだけ、満喫したいと望んでしまった。

——いつまでこうしていられるかは、分からないけれど……

ずっとロレントの善意に甘えることはできない。たとえ血縁であっても、自分の存在が国家間の火種になるのは絶対に避けなければならなかった。

万が一アガラン国からランツ国へ圧力がかかる事態になれば、リィンは己の選択をいくら後悔しても足りないに決まっている。

——これは束の間の幸福……

思い出があれば、この先どんな困難に見舞われてもきっと逞しく生きてゆける。いつか彼と離れ、永遠に会えなくなったとしても。

——ランツ国に到着し落ち着いたら、一人で生きてゆく術を相談しよう。生活が安定するまでは面倒をかけてしまうかもしれないけれど、できる限り早く自立できるように——

そう決意を固め、リィンはロレントに抱きしめられたまま海原を見つめた。

「リィン、君との約束を一つ、やっと果たせた」

「約束？　ずっと一緒と誓ったことでしょうか？」

それならば、こうして国を連れ出してもらったことで叶えられたとも言える。リィンがはためくスカートの裾を押さえると、彼が楽しげに笑った。

「それもあるけれど……もう一つ。いつか海に連れて行ってあげるとも言ったじゃないか」

「あ……っ」

迷子になって、ロレントが助けに来てくれた夜。確かにそんな約束を交わした。思い出の花の指輪はドライフラワーにして取っておいたが、母の死により激変した過程で、もはやどこに行ってしまったのか分からない。おそらく、捨てられてしまったに違いなかった。

「思い出した？　僕にしっかりしがみ付いて泣きじゃくる君は可愛かったな」

「そ、そんなご迷惑をおかけして……申し訳ありません」

「迷惑なんかじゃない。大切な思い出だ。だけどその様子だと、もっと大事な約束も忘れてしまっているみたいだね」

これ以上自分は何を失念してしまったのか。あまりの失礼さに、リィンは気が遠くなりかけた。

「すみません……私はいったい何を……」

恐る恐る尋ねて背後を振り返る。すると彼はどこか悪戯《いたずら》な瞳をして微笑んだ。

「いつか結婚しようと僕が言って、君は確かに頷いてくれた」

「……っ？」

驚愕で限界まで見開いた視界に晴れ晴れと笑うロレントがいる。あまりにも楽しげな様子には、リィンの記憶力の悪さを詰る雰囲気は微塵もなかった。

――ご、ご冗談、だったのかしら？　そうよね。本気のわけがないし……
きっと、揶揄《からか》われたのだ。他に考えられない。
しかしリィンは言い返したり、深く問《と》い質《ただ》したりする気にはなれなかった。
この温かく幸せな束の間の時間を、壊してしまいたくなかったから。

第三章　サファイアの意味

日に三度衣装替えをしたとしても、全てに袖を通すのは何日かかるか想像もできない枚数のドレス。

多種多様な石と大きさ、デザインを取《と》り揃《そろ》えた宝飾品は、どれもネックレスとイヤリングがセットになっている。靴や手袋、髪飾りの数はもっと多い。もはや衣裳《いしょう》部屋にいくつ用意されているのか、リィンには計り知れなかった。

そもそもここにあるのはごく一部であると説明され、意識が遠退いたのは仕方あるまい。

リィンの部屋だから好きに使ってくれと言われ宛《あて》がわれたのは、寝室だけでなく応接間や娯楽室に運動するための部屋まで連なっていた。

当然、自分専用の浴室や手洗い、洗面所も用意されている。

隣には二十四時間いつでも待機している侍女の部屋まであり、呼び鈴を鳴らすだけで優秀な侍女が素早くやってきてくれた。

いやリィンが呼びつけなくても、彼女らは細心の注意と敬意をこちらに払って気遣ってくれている。『リィン様付きに抜擢《ばってき》され、誇らしいです』と満面の笑みを湛《たた》え。

その言葉が嘘ではないことは、献身的な態度と優しい眼差しが証明してくれていた。

彼女たちはたった一日でリィンの趣味や嗜好《しこう》を覚え、いつだって主が心地よく過ごせるよう心を砕いてくれる。

王女として扱われていた頃でさえ、リィンはこんな贅沢《ぜいたく》を味わったことはなかった。慣れないせいか、逆に戸惑う。妙な罪悪感もあって、非常に落ち着かない。

とにかくそんな私室の応接間で、現在リィンはロレントと向かい合って立っていた。

「……こんなに色々いただいても、使い切れません。お気持ちだけで、充分です」

「何を言っている？　リィンに不自由な思いはさせないと、約束したじゃないか。それに僕が好きでしていることだ。君のためにあれこれ選んで購入するのも楽しいし、リィンを着飾らせることはもっと心が躍る」

本日の贈り物を持参したロレントに、リィンはすっかり困り果てていた。

何度断っても、彼は毎日リィンへ様々な品をプレゼントしてくれる。それもとても高価で貴重なものばかり。

日々室内に飾られる花だって、本当ならこの時期には咲かないものだ。おそらく温室などで大事に育てられたものだろう。

それを日替わりで活《い》け替えられては、目を楽しませる以前に申し訳なさの方が募った。

「ここまでのことをしていただく理由がありません。最初に準備してくださった分だけでも、過分なご配慮ですのに……」

リィンがランツ国へ到着してから既にひと月。

当たり前のようにロレントが暮らす城へと案内された。そして母の従兄《いとこ》であり、リィンにとっては従伯父《いとこおじ》にあたる国王と面会し歓迎されたことまでは、手放しで嬉しかった。

思い出すのは緊張しながら挑んだ初対面。握られた手の温もりは今も忘れられない。

『すぐに助けてやれずすまなかった』

そう告げられ、リィンはしばし呆然とした。勿論、彼らが謝る必要はない。しかし気にかけてくれていた事実に心震わされたためだ。

『やっと大切な家族を取り戻せた……これからは気兼ねせず心と身体を癒すがいい』

『お会いしたこともなかった私を、家族と呼んでくださるのですか……？』

家族。その言葉にどれだけ飢えていたのか、リィンはこの時初めて自覚した。

気づかぬうちに、頬を涙が伝う。

ロレントとよく似たランツ国国王は目元の優しい男性で、母の面影も僅かにあった。握ってくれた手の優しさは母を彷彿《ほうふつ》とさせるもの。嗚咽を堪えるのは、難しかった。

『勿論だ。エリナは私の妹同然だった。だからリィンは間違いなく私の大事な家族だ』

生国では手に入れられなかった温もりに触れ、強張っていた全てが解れてゆく。遠慮がちな抱擁も愛おしさしかない。

従伯父によって、父からは得られなかった『父性』が満たされた心地すらした。

だからこそ、ロレントたちに心配をかけないよう一日でも早く自らの力で生きていけるようにならなくては、とこの国にやってきてからずっと考えていたのだが。

――あれから一向に外へ出る機会がない……

城の庭園を散策することは認められている。好きな時に自由に歩き回り、花を愛《め》でながら茶を楽しむことも。

しかし外出となれば話は違った。

城内は広すぎて、未だリィンは出口さえよく分からないのだ。

とても案内なしで敷地の外へ出られる予感がしない。聞いてもやんわりとはぐらかされる。

城から脱出することすらままならないのに、自立も何もあったものではなかった。

結局はひと月の間、至れり尽くせりで安穏とした日々を過ごしている。これはリィンとしても想定外の事態だった。

――ランツ国は経済的に発展していないのではなかったの……？

聞いていた話とだいぶ違う。

白亜の宮殿には荒廃の影などないし、働く者を見ても皆生き生きとしている。到底生活が苦しいとか、不満を抱えているとは思えない。

税収が厳しく王族だけが贅沢をしているわけではないことも、リィンには分かっていた。

何故なら、船が港に着岸し、城へ移動するまでの間にランツ国の暮らしぶりを目にしたためだ。

この国は、貧しさに喘《あえ》いでなどいなかった。むしろ豊かで、人々は未来に希望を抱いている。文化的な成熟度も高い。

更には医療、教育、農業や建築技術などもアガラン国と比べて遜色なかった。

――いいえ。むしろランツ国の方が勢いがあり発展している……あんなに大きくて速度が出る船を造り出せるほどだもの……

造船技術に関してなら、間違いなくこの国の方が秀でている。

リィンもまさかあの船がランツ国で造られたものだとは思っていなかった。てっきりどこか別の、他国の船に乗せてもらっていると思い込んでいたのだ。

それはランツ国にそれほどの知識や技術、装備があるとは知らず、無意識にこの国には無理だと決めつけていたからに他ならない。

見下していたつもりは毛頭ないが、侮《あなど》っていたのは事実だ。

――でも私の知識は約十年前で止まっている。本で得た知識も、最新のものとは限らないわ。だとしたら私が幽閉されている間に、この国は大きく変わったのね。勝手に過小評価してしまい、申し訳ないし恥ずかしい……

やはり自分の目で確かめることが大事だと痛感した。

おそらくランツ国がこんなにも力を付けつつあることを、アガラン国は知らないのではないか。思い込みは、時に目を曇らせる。

下に見ていた相手の国力を見誤っていても、不思議はなかった。

これからもっとランツ国は伸びるだろう。いずれはアガラン国に取って代わり、世界の中心になるかもしれない。

成長が頭打ちになっているアガラン国と比較にならない生命力が、この国には渦巻いていた。今まさに躍進期に違いない。

今後どうなっていくのか楽しみで、叶うならリィン自身が見届けたいとも思った。

――……ううん。私はいずれこの地を去る人間だもの。だから与えられることが当然となってはいけないし、贅沢に慣れては駄目なのよ。

「僕が何も持たせずリィンをこの国へ連れてきたのだから、全てこちらが用意するのが筋だ。君が王家の財力を案じてくれるのは嬉しいけれど、せっかく作らせたものを受け取ってもらえなければ、職人たちが悲しむよ」

「とんでもない。無理に連れてこられたなど思っておりませんし、私などに予算を割いていただかなくて結構です。全てランツ国民の血税ですもの」

リィンにはそれを享受する権利はない。王族や貴族が贅沢な暮らしができるのは、責務を果たしているからだ。この国の民に対し何もしていない自分には受け取ることなどできるわけがなかった。

「だったら気にしなくていい。全て僕の私財から出している。それも負担になる額でもない」

「え……」

色々な意味で唖然とした。

ロレントが個人的にリィンのために私財を投入していることも、莫大《ばくだい》なはずの金額に対し、微々たるものだと宣《のたま》ったことも。

しかしリィンの反応をどう解釈したのか、彼は恥ずかしげに苦笑した。

「いくら僕だって、それくらいは弁《わきま》えているよ。大事な人のために、国の金を使ったりしない。僕自ら指揮を執っている事業がいくつかあってね、そこから充分な収益を得ている。だからリィンが遠慮する必要はない」

――遠慮とは、少々違うのですが……

問題は、金の出所だけではないのだ。ここまでしてもらう価値は自分にはないと言いたかったのだが、リィンの真意は上手く伝わらなかったらしい。

「それにね、高い技術力を磨くには、沢山の作品を作り続けるしかない。そうでなければ製法の継承もされなくなる。だから僕たちが定期的に職人へ金を出すのは、責務でもあるんだ。リィンも協力してくれるとありがたい。君はランツ国王家の一員だから」

そう言い切られてしまえば、これ以上『いらない』とは言い難かった。

本日の贈り物としてロレントが持ってきてくれたのは、度肝を抜かれるほど巨大な青色の石をあしらったネックレスだった。勿論、イヤリングも寸分違わぬ色味で揃えられている。

ズシリとした重みは、そのままこの品の金額を感じさせ、リィンは大いに気後れした。

「……ありがとう、ございます」

ひとまず礼は述べたものの、とても直に触る気にはなれない。手脂《てあぶら》でもついてしまえば、一大事だ。

繊細な細工をうっかり壊してしまったらと想像するだけで、怖くて堪らなくなる。何より、こんなにすごいものを身につけていく場所なんて、リィンにはなかった。

──お母様だって、これほど見事なものはお持ちでいらっしゃらなかったわ……これ、サファイアよね？　こんなに立派で透明度の高いもの、初めてお目にかかったわ……

とても畏れ多い。自分につけこなせるとは、到底考えられない。逆にネックレスに申し訳なくなり、リィンはそのまま箱を閉じようとした。これは迅速かつ厳重に、保管しておかねば。

いずれリィンがここから出てゆく際に無傷でお返しすべく、二度と手を触れまいと秘かに誓った。だが。

「後ろを向いて。僕がつけてあげる」

「え」

聞き間違いかと訝《いぶか》っている間に、リィンの手からネックレスとイヤリングが入った箱が取り上げられた。更にクルリと身体を反転させられる。

気づいた時にはもう、ロレントに背中を向けている状況だった。

「あ、あの……」

「リィンの首は細いね。それにとても白い。サファイアが映えそうだ……」

「……んッ」

彼の指先がリィンのうなじを掠《かす》め、妙な声が漏れ出てしまった。髪は緩く三つ編みにして纏め右に流していたから、首の後ろが剥《む》き出しになっていたらしい。

そこにロレントが偶然触れてしまい、擽《くすぐ》ったかった。

ザワリと肌が粟立つ。媚びた吐息が己の口から飛び出したことに驚いて、リィンは慌てて自らの唇を手で押さえた。

今のは何だ。とても自分の声とは思えない。何だか恥ずかしく、いたたまれない。

激しく動揺し、リィンは無意識に前傾姿勢になった。

「おっと、ちゃんと背筋を伸ばして」

「や、あ……っ」

背後から顎に片手を添えられ、もう片方の手で柔らかく腰を押された。

おかげで丸まっていた背は伸びたけれど、その分背中に彼の身体が密着している。

抱きしめられているのでもないのに、船での一件を思い出し、リィンは瞳を忙しくさまよわせた。

――お互い同じ方向を向いていて良かった……

そうでなければ、真っ赤に熟れた自分の顔をロレントに見られてしまう。余裕なく汗だくになり、みっともなく慌てふためくところまで。

――ロレント殿下に私の醜態を晒したくない……！

ただでさえ再会時は酷い有様だったのだ。リィンはすぐに失神してしまいろくに覚えていないけれど、さぞや薄汚れていただろうことは、想像に難くなかった。

長い幽閉生活で洒落《しゃれ》っ気などあるわけもなく、更には地べたを這いずり逃げ回った挙句、草地を転がってボロボロの状態だったのだから。

――思い出したくもない……こうしてひと月以上一緒に過ごさせていただいているけれど、とても私の印象をよくできたとは言えないもの……！

きっと彼の中でリィンは『可哀想な妹』として定着している。

手助けしてやらねば危なっかしくて見ていられないのかもしれない。

もしかしたら、手がかかる幼子としての記憶で止まっている恐れもあった。

――そうよね……ロレント殿下にしてみたら、私は迷子になって泣いている子どものままなんだわ……泣き止ませるために、結婚の約束を持ち出すくらいに――

彼の手先が蠢く度に、ドキドキが大きくなる。乱れそうな息は、ゆっくり深呼吸することで落ち着けた。けれど汗ばむ肌はどうしようもない。

——首の後ろ……汗っかきだなんて思われませんように……

あまりにも二人の距離が近いせいか、鼻腔《びこう》をロレントの香りが擽った。反射的に吸い込んでしまい、そんな事実にリィンはより焦る。

変な意図などなかったはずが、急に自分が卑猥《ひわい》なことをしでかした気分になったのだ。

「あ、あのロレント殿下……、まだ……？」

「もう少し。ごめんね、慣れていなくて」

「い、いいえ……」

女性の宝飾品を付け慣れている男性の方が、リィンには好ましくなかった。小さな金具を弄《いじ》るのは、なかなかに骨が折れる。故に時間がかかるのも仕方ない。

——でも、ちょっとかかり過ぎかも……誰か呼んで、替わってもらった方がいいかしら？

ロレント殿下から今更できないとは言い難いでしょうし……

リィンは侍女を呼ぼうと呼び鈴へ視線をやった。しかし直後に、艶《なま》めかしい吐息が首筋を舐める。

「きゃ……っ？」

「ああ、やっとできた。こっちを向いて見せて。うん、よく似合う」

再びクルリと反転させられ、彼と至近距離で向かい合った。だがリィンの頭を占めるのは、ネックレスが似合うかどうかとは全く別のことだ。

――今、ロレント殿下の唇が私の首に触れなかった……？

冷静に考えれば、そんなはずはない。

いくら留め具を止めるために前のめりになり没頭していたとしても、そこまで接近する必要はあるまい。だいたい唇がくっつくほど密着していては、余計に見え難くなるではないか。

馬鹿げた思い過ごしだろうと、リィンは緩く頭を左右に振った。けれど疼きに似た熱が、問題の箇所から消えることはない。いつまでもジクジクとリィンの肌を苛み火照らせた。

「どうしたの？　リィン」

「え、あの、いいえ……何でも、ありません……」

「そう？　ほら、自分でも鏡を見てごらん。リィンはサファイアがよく似合う。一番君を素敵に輝かせるんじゃないかな」

何事もなく平然とした彼の様子に、やはり自分の勘違いだと結論付けた。たまたま指先が当たり、驚いただけだ。偶然でも故意でも、ロレントの唇がリィンの首筋に触れるわけがないのだから。

全身を映す姿見の中には、顔を真っ赤に染めた女が立っていた。

胸元には大振りな石があしらわれたネックレス。こうしてみると似合わないとまでは言えないかもしれない。上品で華美過ぎないデザインは、リィンの雰囲気とも合っていた。

「ね？　どうだい？」

「は、はい。とても綺麗なネックレスです……着け心地もいいですし……」

「感想を聞かせてくれるのは嬉しいけれど、聞きたいのはそういう言葉ではないかな」

「え」

では何と答えれば正解だったのだろう。リィンにはまるで分からず、困ってしまった。

「え……と、彫金の技術が繊細ですね。特にこの薔薇を模《かたど》ったところなんて、芸術品のようです」

「ありがとう。職人に伝えておくよ。だけどもっと他に聞きたいな」

「つ、繋目《つなぎめ》が丁寧で……？」

「うーん、それも違うなぁ」

いよいよ何も思いつかなくなり、リィンは狼狽《うろた》えた。称賛する点は沢山あるものの、立て続けに不正解を連発してしまい、完全に焦りで頭が回らなくなってくる。

もういっそ謝ってしまおうか思案していると、今度はイヤリングを手にしたロレントがリィンの耳朶に触れてきた。

「……っ！」

「うん。一緒に着けると、尚更いいな」

イヤリング特有の重みが、耳にかかる。揺れる石が光を弾《はじ》き、魅惑的に輝いた。

ネックレスよりも小粒ではあるが、イヤリングの片側だけでも目が飛び出るほど高価なものなのは間違いない。最高級と思《おぼ》しきサファイアは、どこまでも続く海の色そのものだった。

――それはつまり、ロレント殿下の瞳の色と同じということ……？

ふと気がつき瞳を瞬いたリィンの視線が、鏡越しに彼と絡んだ。

こちらにじっと注がれる眼差しが熱い。直接見つめられているわけではないのに、とても胸が掻き乱される。

真剣なロレントの双眸は、リィンの一挙手一投足を見逃すまいとしているかのようだった。

「どうせなら、指輪も用意すればよかった」

「い、いいえ。充分です」

むしろ今でも持て余し気味だ。美し過ぎる宝飾品は相応しい人が身につけてこそ真価を発揮する。リィンでは些《いささ》か荷が重かった。

「ちゃんと見て。リィンの肌や髪色、瞳の色にはサファイアが何より相応しいと思うだろう？清楚《せいそ》で聡明な君の雰囲気にも合っている」

「そ、そうでしょうか……」

言い過ぎな褒め殺しだと思ったけれど贈り物を貰った手前、否定はできない。さりとて肯定もおこがましい気がして、リィンは言葉を濁した。

「目を逸らさないで。リィンは何でも似合うが、特にこの深い青が一番だと思わないか？」

「え、えっと、いただいたものは全部素敵でしたよ？　順位なんてつけられないくらいに……」

「いや、これからは青いサファイアを中心にして贈るよ。ドレスや季節の都合もあるから、他の色味も必要だけど」

だが、いつになく彼は食い下がり、離れてくれない。これまでなら、ここまでしつこくされることはなかった。どうも何か誘導されている気がする。

――私に言わせたい言葉があるのかしら……？

「ロレント殿下……？」

「……リィンが好きなのはまさか、ルビー？　あの情熱的な赤も君には似合うけど……」

「あ、いえ……赤は、その、どちらかと言うと――苦手です……私には良さが分からなくて」

「では貴婦人に人気があるエメラルド？　リィンには高貴な緑も相応しい」

「いいえ……緑も、その――……よく、分からないです……」

リィンがあまりにも正解に辿《たど》り着《つ》けず、流石の彼も焦れたらしい。ついに直球の質問をしてきた。

「だったらどの宝石が一番好きなんだ？」

――あ、それをお聞きになりたかったのね……！

答えが分かれば、肩の強張りが解けた。何を望まれているのか不明な上、『隠しておきたいこと』を暴かれそうで泣きたくなっていた分、リィンは前のめりの勢いで大きく息を吸った。

「サファイアです！」

言わされた感は否めないものの、ここまでのやり取りを鑑みて、ロレントの待ち望む回答はたった一つだ。

リィンは自信満々に答え、彼を振り返った。

「本当に？　僕もそう思っているから、趣味が合って嬉しいな」

ロレントの輝く満面の笑みが返され、リィンは正解を引き当てたことを悟った。

上機嫌の彼は美麗な容貌を殊更煌めかせる。本当に喜んでいるようで、こちらまで嬉しくなってきた。

——そうか。このネックレスはロレント殿下のとっておきの贈り物なのね。だから私が気に入ったかどうか気にしていらっしゃるんだわ。

これまで受け取ったものは全部、とてもありがたかったし、気に入っていないなどということはなかった。だが遠慮が先だって、喜びを露《あらわ》にしてきたとは言い切れない。

それを彼は気に病んでいたのかもしれなかった。

——私のせいね。お礼を申し上げても、使わずにしまい込んでしまったし……

ランツ国に来てから、ロレントには本当によくしてもらっている。これ以上ないくらい気にかけてもらい、心苦しいほどだ。

彼は多忙な中懸命に時間を作り、リィンと過ごすことを優先してくれた。そのおかげで、早い段階でこの国に馴染《なじ》めつつある。

食事は必ず一緒。疑問には逐一答えてくれる。

母の思い出を語ってくれ、ランツ国の文化や風習について懇切丁寧に教えてくれた。

更には王太子であるロレント自ら城内の案内を買って出てくれ、図書室への自由な出入りも許可してくれた。国賓であっても、ここまで厚遇されることはあるまい。

「あ、あのロレント殿下。このネックレスもイヤリングもこの上なく気に入りました」

「リィンもそう感じてくれたなら、買い求めた甲斐《かい》があった。マニアント王国で人魚の涙と呼ばれていたそうだ」

「……えっ」

その名を聞いて、リィンの笑みが強張った。

何故なら聞き覚えがあったせいだ。

随分昔に読んだ図録で、周辺諸国の国宝を纏《まと》めたものがあった。そこにはとある国で代々の王家が所有している『人魚の涙』と呼ばれる宝石が載っていた気がする。

よくよく思い出してみると、かの国名はマニアント王国であったような――

「そっ、そんな大変なものをどうやって……！」

「平和的に譲ってもらった。脅したり奪ったりしたものではないから、安心してほしい」

「安心なんてできません……！」

何せ国宝だ。簡単に手放すものではないだろう。さぞや価値のあるサファイアだろうなと想像したけれど、予測をはるかに上回るのではないか。考えただけで全身が震えた。

「今すぐ返して……」

「正当な取引で譲り受けたものだ。それにリィンは僕からの贈り物を突き返すつもりか？」

「で、でも……そんな場合では……――ぁっ、だいたいこんなに立派なものを着けていく場所がありません。ですからせめて宝物庫に保管してください！」

「できれば毎日身に着けてほしい」

国宝級の品を日常的に身に着けるなんて、一時も気が休まらない。冗談ではない。

リィンは涙目で首を横に振った。

「お、お、畏れ多くて……私なんぞよりも、これを身に着けるにふさわしい女性は、他にいると思います！」

「いないよ。母上が早くに亡くなられてこの城には女主人がいなかった分、皆リィンに仕えることを楽しみにしているくらいだ」

ロレントの実母は、彼を産んで間もなく儚《はかな》くなったそうだ。以来、国王は新たな王妃を迎えていない。よほど妻を愛していたのだろう。

「だとしても……私には相応しくないと思います。高貴な令嬢や王族の女性は他にもいらっしゃいますよね？」

リィンは現在の己の立場を『ランツ国の客人』だと解釈している。

腰が引けるほど歓待され、過分な対応を受けているのは間違いないが、それは不遇な従妹の娘を憐れんだランツ国王の配慮だと思っていた。

おそらくエリナにはしてやれなかった諸々《もろもろ》を、リィンに施したいのではないだろうか。そこには一抹の罪悪感も含まれている。

祖国のために貢物同然で異国に嫁いだ従妹を救えなかった苦しみを、その娘であるリィンに尽くすことで癒したいのだろう。

そんな複雑な心情を察しているからこそ、リィンとしても様々な待遇や贈り物を拒否しきれないし、『これ以上世話になるのが申し訳ないので、今すぐ出て行く』と強く言えないのだ。

——でも流石にこれほどの品を受け取るわけには……保管しているだけでも重圧で押し潰されてしまいそう……すぐ近くの部屋に置いてあると考えたら眠れなくなる自信があるわ。もし壊れたり紛失したりしたら、当然私の罪になるのよね？　とても責任を負い切れない……！

日々増える一方のドレスの山や宝飾品、職人が技術の粋を注いだ調度品など高価なもので、リィンは半ば追い詰められていた。

幼い頃はそれなりのものを所有していたが、幽閉されて以降は全て取り上げられている。大方、コレットの懐に収められたに違いない。

たぶん、母のものも。

――お母様がランツ国からお持ちになった嫁入り道具も、気に入っていらした髪飾りも、大事にされていたティーカップも全部……

二度とリィンが手にすることはない。それどころか下手をしたら、もう形あるものとしてこの世に残っていない恐れもあった。

苛烈な性格をしたコレットであれば、母が好んでいた品ほど嫌がらせのために跡形もなく破壊してしまったとしても不思議はないからだ。

踏み弄り、貶めて、哄笑《こうしょう》する姿が容易に目に浮かぶ。

母が『いつか貴女にあげるわね』と言ってくれた全ては、叶わぬ約束となった。それが、とてつもなく切ない。

胸に過った悲しみに眉根を寄せたリィンはしかし、眼前で打ちひしがれた顔をするロレントに気づいて瞠目した。

「ロレント殿下……？」

「――リィンは、この青を他の女が身に着けていても平気なのか……？」

「え？　この青って……サファイアのことですよね？」

だが彼の言う『この青』は種類としての宝石名ではなく、まさに『この石』を特定しているように聞こえた。つまり今リィンを飾っているネックレスとイヤリングそのもののことだ。サファイア全般の話とは思えなかった。

——平気ってどういう意味かしら？　サファイアは人気のある宝石だから、貴族の間でも持っている方は多いわ。流石にこの『人魚の涙』に比肩する極上品を身に着けられる方は、王族くらいしかいないと思うけれど……

「答えてくれ。何とも思わないのか」

「だ、誰が何を身に着けるのかは、その方の自由だと思いますが……」

ロレントの意図が分からず、しどろもどろになりながらリィンはじりじりと後退《あとずさ》った。

しかしその分、彼が長い脚であっさりと詰め寄ってくる。むしろ二人の間にあった距離は縮まって、最終的にリィンは壁際に追いやられていた。

——何故か理由は全く理解できないけれど、ロレント殿下の圧が怖い。

瞬きもせずこちらをじっと凝視してくる彼の双眸は深い青だ。まさに『人魚の涙』と同じ色。

あまりにも美しく、引き込まれそうになる。

リィンも目を逸らせずに見つめ合っていると、ロレントが美しい瞳を細めた。

「……誰かの髪や瞳の色を装いに取り入れることの意味を、知らない？」

どうしてか、ロレントが傷ついた様子に見え、リィンは大いに戸惑った。

今の会話の中に、そんな要素があっただろうか。自分が彼を傷つけたのだとしたら、謝らなければならない。けれど理由の見当がつかないのに、ただ頭を下げるのは逆に不誠実だと感じた。

――意味って何？　そんなこと、本に書かれていなかったわ……

リィンが不幸だったのは、両親が仲睦《むつ》まじい夫婦の見本になり得なかったことだ。更には、他に模範となるべき大人もいなかった。

普通であれば子ども時代に当たり前に見聞きするやり取りを知ることができず、長じてからは男女の駆け引きに触れる機会もない。これでは一般的な常識を吸収するのは難しかった。

結果、『特別に親しい間柄』である恋人や夫婦が、互いの身体的特徴を表す色を身に着ける意義をまるで知らないまま大人になってしまった。

故に勿論、グイグイと問い詰められても正解を導き出せるはずはない。

「私……ロレント殿下に何か失言してしまったでしょうか……でしたら、正直に教えてくださいませ。心より謝罪いたします」

考えても答えが捻《ひね》り出せないなら、もはや聞くしかない。

リィンは潤んだ瞳をまっすぐ彼に据えた。

子ども扱いされるのは仕方がないが、無知を呆《あき》れられ、ロレントに嫌われるのは怖い。もう自分には、他に頼れる人はいないのだ。

必要以上に寄りかかってはいけないと己を戒めても、血の繋がりがある親族への親しみなのか、どうしても気持ちが彼へ引き摺《ず》られた。

せめてこの国を離れるまではいい関係を保ちたい。妹扱いでも構わないから、遠ざけられたくはなかった。

――お父様に疎まれるのも悲しかったけれど、それよりもっとロレント殿下から嫌われるのは辛過ぎる……

すると彼は軽く息を呑んだ後、明らかに視線を揺らし、それから自らの額に手を添えて深々と嘆息した。

「……いや、リィンは何も悪くない。僕が少々先走っているだけだ。やっと君を安全な場所へ連れてこられたせいで、自制が利かなくなっている……」

「あ、あの、こうして助けていただいたことは本当に感謝しています」

「それは、何度も聞いたよ」

アガラン国を脱出してから、数えきれない回数リィンはロレントへ礼を伝えてきた。何度口にしても充分だとは思えないほど、本当にありがたく思っているので、事あるごとに言いたくなるためだ。しかしその度に彼はやや困った顔をする。

ロレント曰《いわ》く『当然のことをしたまで』らしい。

「……それに、僕自身の願いを叶えただけだから、リィンが気に病む必要はないんだよ」

「だとしても……言いたいのです。言葉にしなければ、伝わらないことが世の中には沢山ありますし、次の機会が訪れず、後悔するのは珍しくありませんでしょう？」

明日が普通にやって来ると考えるのは、平和な思い込みだ。

いつ何時《なんどき》、未来は無残に断ち切られるか誰にも分からない。

それこそ翌朝何事もなく目覚めるかどうかだって、保証はできないのだ。

母の不貞を訴える声により、たった一日で世界がひっくり返った経験を持つリィンは、無邪気に明日を信じる心を忘れてしまった。

人生は先が読めず、一つも思い通りになってくれない。さながら自分は、嵐に翻弄される一枚の木の葉だった。

己の意思があっても、自力で留まる場所も進む方向すら選べない。いつか地べたに落ちて朽ちてゆく、その日まで。

──今はたまたまロレント殿下に拾っていただいただけ……

「……確かに、リィンの言う通りだね」

「え」

短い時間物思いに耽《ふけ》っていたリィンは、彼の言葉で現実へ引き戻された。

ハッとして双眸を見開けば、ロレントが真摯な面持ちでこちらを見下ろしている。互いの身体は胸が触れてしまいそうなほど接近していた。

あまりにも近い。壁際に追い詰められ、気づけば彼がとんでもない至近距離に迫っていた。

体温さえ感じられそうな生々しい存在感に圧倒される。呼吸する度に互いの服が危うく擦れかけ、リィンは仰《の》け反《ぞ》ることも不可能な事態に、より焦った。

「ロレント殿下……っ？」

「言葉にしなければ伝わらない。次回があると考えるのも、甘えているだけだな……」

小声で漏らされた彼の言葉は、大半が聞き取れなかった。

けれど真剣な様子は見て取れる。口を挟む隙を見つけられず、リィンは密着しそうな体勢のまま、動くこともできなかった。

「僕はこれまで臆病過ぎたみたいだ。君の心が完全に癒され傾くまでは……と思っていたが、待っているだけでは駄目だね」

「あの、何のお話でしょう……？」

「自分なりにリィンが心健やかに過ごせるよう努力はしてきたつもりだけど、言葉足らずだったのはその通りだ」

「ロレント殿下には色々気を配っていただきました。私、とても感謝しております」

リィンが穏やかに暮らせるよう親切で優秀な侍女を選んでくれたことも、自分を楽しませるために楽団を呼んでくれたことも、さりげなく人脈を作ろうとしてくれたことも知っている。

きっと気づいていないだけで、彼は他にも様々な配慮をしてくれているのだろう。

昔とちっとも変わらず、理想的な王子様なのだ。優しくて頼《たよ》り甲斐《がい》がある。

いやむしろ、大人になった分、更に素晴らしい男性へ成長していた。時折眩しくてリィンの心が掻き乱され、勘違いしてしまいそうになるほどに――

「リィンは僕が考えていた以上に無垢だ。『言わなくても分かる』のを期待した僕が間違っていた。ごめんね、リィン。これからは駆け引きなんてせず、もっと正直かつ真っすぐに君へ気持ちを伝えることにする」

行き場を失っていたこちらの手を取られ、リィンは肩を跳ね上げた。

何故だろう。何か、間違えた気がする。いや、過ちを犯したというよりも、『やや足を踏み外した』と表現するのが近い。

ロレントの顔が一際近づいてきて、思わず呼吸を忘れた。

あとほんの僅か彼が身を屈めたら、唇同士が触れ合ってしまう。少しでも身じろげば、危うい均衡が崩れてしまいそう。

ロレントの吐息がリィンの肌を擽り、ゾクゾクと愉悦が走った。

頬へ熱が集まってゆく。戦慄《わなな》く手は、彼の指と深く絡めて繋がれた。

「そ、その……ロレント殿下……っ、す、少し離れて……」

「嫌だ。僕の色を身につけたリィンを、もっと見ていたい」

「それはどういう……」

「どうせならドレスもこの色で発注しようか。君の身を包むものは、全て揃えたい。――ああでも、そんなことをしたら、同時に脱がせたくなってしまうな……」

何やら卑猥なことを言われたのは、辛うじて理解できた。

しかしそれ以上は頭が上手く働かない。空回りして、脳天から蒸気が吹き出しかねないほど、リィンの体温があがっていった。

「な、な、何をおっしゃって……」

「自分が選んだもので女性を飾り立てるのは男の夢だが、その後の楽しみを一層駆り立てる意味もあったのか。初めて知ったよ」

——私もそんな話、初めて聞きましたが……？

とても王子様然としたロレントの口からこぼれたとは思えない台詞の数々に、リィンはすっかり思考停止していた。

いったい我が身に何が起こっているのか、さっぱり不明だ。

ひょっとして悪い夢でも見ているのだろうか。それとも幻覚妄想の類か。

どちらにしても、自分が由々《ゆゆ》しき事態に陥っているのは確実だった。

「あ、の……っ」

「キスしたい」

「……っ？」

だがもっととんでもないことを言われ、いよいよリィンは動揺した。

聞き間違いだと思いたい。彼がそんなことを言うなんて、信じられない。

しかしロレントの真剣な眼差しがリィンから逸れることはなく、態度や声にも冗談の雰囲気は感じ取れなかった。

しかも今、自分の耳はこの上なく研ぎ澄まされている。本気になれば彼の心音や瞬きの音まで聞き取れそうだ。それくらい意識の全てがロレントへ向かっていた。

――ロレント殿下の優しさは、私への同情か妹扱いでしかないのに……そんなことを言われたら、勘違いしてしまう……

「リィンが嫌なら、我慢する。だけど、僕は君に口づけたい」

幻聴だと思えないはっきりした口調で願望を繰り返され、リィンは全身を戦慄かせた。

何も、言葉が出てこない。指一本、動かすのも難しい。

否定も肯定もできず、ただ呆然として立ち竦《すく》むしかなかった。

そもそも何と答えればいいのかが分からないのだ。駄目だと告げればいいのか、それとも頷くのが正しいのか。

頭に響くのは己の鼓動ばかりで、ちっとも正常に機能しない。しまいには眩暈《めまい》までし始め、リィンは思わずよろめいた。

「あ……っ」

「大丈夫か？　リィン」

ふらつく身体は難なく彼が抱き留めてくれた。揺るぎない腕の力は逞しい。女の自分との性差をまざまざと突きつけられた。それがむず痒《がゆ》さと言葉にならない感慨を運んでくる。

リィンは半ばロレントに抱きしめられたまま、硬直していた。

——キスって……挨拶とは別物の……？

無数に読んだ本の中には、いわゆる通俗的なものもあった。恋愛を扱い、女性の夢を詰め込んだ小説である。

その中では想い合う恋人同士が何度も熱い口づけを交わしていた。

彼が自分に求めているのはそういう類のものだと、流石に悟る。いくら何でもこの期に及んで『兄妹』としてのキスをするのに許可は求めないと思う。

手の甲や頬への接吻《せっぷん》程度なら、このひと月余りで何度か経験しているからだ。

初めは動揺したし戸惑ったが、ロレントがごく自然にそういう行為をするので、リィンもいつしか慣れつつあった。この国では普通のことなのかもしれないと、期待しそうになる己を戒めてもいたのだ。

だが今請われているのは、そんな軽い意味合いのものとは、一線を画すことに違いない。

もっと濃密で、特別な何か。家族や友人では決してしない、親密さを確かめ合うための——

「ま、待ってください……っ」

「待てば、許してくれる？　だったら、いくらでも待つよ」

許さないという選択肢はさりげなく排除され、リィンは取られていた指先にキスをされた。

どうやらそこは、物の数に入らないらしい。こちらの許しを得るまでもなく、リィンの人差し指から小指へと、順番にロレントの唇が触れてゆく。

その柔らかく温かな感触に、たちまち頭が沸騰しかけた。

――火傷《やけど》しそう……！

クラクラする。恥ずかしくておかしな汗が全身に滲んだ。それでも己の指先から目が離せない。

彼がリィンの親指を唇で食《は》み、意味深な眼差しを投げかけてくる。

おそらく、返事を促しているのだろう。リィンが『いい』と許す瞬間を、ロレントは待っている。答えはそれしか用意されていなかった。

「……っ」

全ての指に口づけた彼が、今度はリィンの薬指に軽く歯を立てる。それも根元に。

そこは『特別な指輪』を嵌める場所だ。婚約の証や、夫からの贈り物を嵌め、『自分にはパートナーがいる』ことを周囲に知らしめる指。未婚の令嬢にとっては憧れに等しい。

知識の偏っているリィンでも、それくらいは承知していた。

「や……っ」

喉が震える。呼吸が干上がる。

搦《から》め捕られた視線は一向に解かれない。むしろますます強制力を増し、艶やかなロレントの眼差しに釘付けになった。

「……キ、キスなら、ぃ、今……しているでは……ありません、か……ッ」

全身全霊で絞り出した声は、激しく掠れていた。若干上擦ってもいる。自分でも妙にいやらしく感じ、リィンは言い直そうとしたがもう遅い。下手に喋《しゃべ》れば、もっとおかしな声が出てしまいかねなかった。それこそ、媚を含んだ淫蕩《いんとう》なものが——

「これはキスの内に入らないよ。僕が口づけたいのは、ここ」

「……んっ」

空いていた彼の片手が殊更ゆっくりと動き、リィンの唇をなぞった。

親指の腹で横へ。皮膚が引っ張られる強さではなく、撫でる程度の力加減。それがまた擽ったくてもどかしい。擦られた肌は、瞬く間に熱を孕んだ。

かつて十歳だったリィンも、幼心にロレントにときめいていた。しかし当時とは似ているようでまるで違う。あの頃よりもずっと生々しく、欲望の萌芽《ほうが》を知った。

ただ変わらないこともある。

高まる鼓動も、惹きつけられる視線も、高揚する気持ちも同じだ。以前よりはるかに大きくはなっていたが、想いの種類はそのままだった。

「駄目？　どうしてもリィンが嫌だと言うなら、諦める。二度とこんなことは言わない」

正しい返事は毅然《きぜん》と断ることだと、リィンにも薄々感じられた。

自分たちは恋人でも何でもない。血が繋がっていても、ただのハトコ。ある程度の線引きは必要だった。たとえこの国で口づけの意味が、アガラン国のものよりも軽いものだとしても、ここから先に踏み込むべきではない。

それが礼儀というもの。依存しきれば崩れてしまう。今の関係を壊さないためにも、しっかり弁えておかねばならなかった。

——だけど……もし私が拒否したら……本当に二度とロレント殿下は口づけを求めてくれなくなるの……？

ひょっとしたら、こんな風に触れ合うこともなくなるのかもしれない。

手を握ったり、抱きしめられたりすることさえ今後皆無《かいむ》になるとしたら。

——それは……嫌……

これまでだって彼にそうされるのを嫌だと感じたことは一度もなかった。ドキドキして落ち着かなくはなるけれど、どれも甘い喜悦を伴ったものでもあったのだ。

緊張で心臓が壊れそうになっても、喜びの方が勝っていた。

塔に幽閉されていた当時には感じたことのない気持ち。それら全てを教えてくれたのは、紛れもなくロレントだった。

彼といると、リィンは色々な意味で感情が揺さ振られる。まだ幸せだった昔に、少しだけ戻れる錯覚もあった。

——なくしたくない……

掌から幸福がこぼれる音は、もう聞きたくない。

一度は手にした喜びを失うのは、はかり知れないほど心が抉られる。

最初から諦めていれば耐えられても、今のリィンに再度同じ苦しみを味わうのは無理だった。

おそらく今度こそ壊れてしまう。

ランツ国での生活は、一時的なものだと決めていたのに、実際のところ自分でも驚くほど惜しくなっていたらしい。

何より、ロレントへの思慕が堪えられなくなっていた。いや、九年前に区切りを付けたはずの想いが、少しも消えていなかったことを突きつけられた。

——ああ……私……ロレント殿下のことを、今でもお慕いしているんだ……

もはやごまかすことも否定することもできやしない。

幼い初恋は枯れていなかった。ただ、眠っていただけ。種になり、厳しい冬を越え、再び芽吹く時を待っていたのかもしれない。

そこへ彼自ら水を注いでくれたのなら、花が咲かないはずがない。

小さくささやかだった恋心は、一度眠りにつき養分を蓄えたことで、以前よりも大輪の花を咲かせていた。

――駄目。分不相応な願いは自分自身を滅ぼしてしまう。今ならまだ間に合う。ロレント殿下への気持ちを抑えなくては……！

「リィン……僕は君を愛している」

「……え」

真っすぐ目を見つめられたまま告げられた想いに、涙が溢れた。

たった今耳にした台詞が何度も頭の中で木霊する。簡潔で、他に解釈のしようはない。それでも言葉通りに受け止めていいのか惑う気持ちが、涙となってリィンの頬を濡《ぬ》らした。

「泣かないで」

突然泣き出したリィンに焦ったのか、ロレントが慌てふためいて頬を拭ってくれる。その手つきは、どこまでも優しく労りに満ちていた。

「驚かせた？　だけどごめん。これが僕の偽りない本当の気持ちだ。ずっと……昔から君のことが好きだったんだよ」

「わ、私たち……九年前に会ったきりですよ？」

「あの時から、リィンを忘れられなかった。いつか必ず君をこの国に迎えたいと思い、リィンに相応しくなるべく僕は努力し続けてきたんだ。ランツ国を発展させ、堂々と求婚できるように」

では、現在この国が豊かになり国力を付けたのは、彼がリィンを思って邁進《まいしん》してくれたからなのか。

まさかと首を横に振らずにはいられない。

どこの世界に、僅か数日共に過ごした女一人のため、大変な道を歩もうとする人間がいる。

口で言うほど簡単なことではない。ましてかつてのランツ国が、非常に弱い立場にあったことを、リィンも知っている。

ロレントが到底言い表せないほどの辛酸を舐め、死に物狂いの努力をしなければ成し得なかったことに違いなかった。

「私のため……に？」

愚かな考えがリィンの口から漏れてしまい、声にすると同時に、取り消そうと慌てて息を吸った。だが一足遅く、ロレントが大きく頷く。

黄金の髪が軽やかに揺れる。少し癖のある髪は柔らかそうで、彼の穏やかな為人《ひととなり》を表していると昔から感じていた。

いつか指を遊ばせてみたいと、リィンは夢想したこともあったのだ。

遠い昔の憧れと仄かな恋心。それらが明確な形になる。はっきりとした思慕として。

もはや偽れない感情が、リィンの内側に広がっていった。

「僕はこの約十年間、君を想って生きてきた。いつかリィンを迎え入れるためだと思えば、どんな困難も乗り越えられた。確かに君と僕が共に重ねた時間は短かったけれど、そんなことは関係ないんだ。この人だと、心が確信してしまったから」

昔と変わらず、ロレントはリィンの欲して止まない言葉をくれる。

輝く美しさも、穏やかな話し方もあの頃のまま。変わったことと言えば、彼がすっかり大人の男性になったことだ。そしてリィン自身も、少女ではなくなっていた。

――私も、ロレント殿下を想っている……

一人の、女として。

輪郭を持った感情が鮮やかに立ち昇る。

遠くから見ているだけ、想うだけで満足できた時とは違う。触れたい欲がリィンの中で大きくなり、いつの間にか視線が彼の唇から逸らせなくなった。

孤独だった八年に及ぶ幽閉期間、こんなにも強く思われていたのだと知れば、余計に涙が溢れて止まらない。苦しかった日々が慰撫され、解き放たれた心地がした。

堪え忍んだ全てが報われる。こうしてロレントがリィンを受け止めてくれるなら、何もかも無駄ではなかったと信じられた。

「私も……ロレント殿下と口づけしたいです……」

「それは……君が僕と同じ気持ちだと考えていいのか？　嫌なら断る権利が君にはあるよ」

あくまでもリィンの心を大事にしようとしてくれている彼は、強引に選択肢を狭めてもこちらの意思を蔑ろにする気はないらしい。

おそらくリィンが拒めば、本気で引き下がるつもりだったのだろう。

だからこそ、握ってくる手を振り払うことは、尚更できないと思った。

「はい。私も初めてお会いした時から、ロレント殿下をお慕いしていました」

本心を言葉にするのは慣れていない。まして生まれて初めての告白だ。

震えた声は如何にも弱々しい。けれど彼が輝く笑みを見せてくれたので、気持ちは充分伝わったのだと思えた。

「リィン……！」

熱烈な抱擁は、背後から抱きしめられた時とは強さも意味も違った。

愛しいと、声にするまでもなく伝えてくる。全身で喜びを露にするロレントの手がリィンの肢体をなぞり、見知らぬ官能を灯していった。

「……っ」

背筋が粟立ち、ゾクゾクする。

掻痒感とは別ものの疼きが指先まで駆け抜けた。その熱の逃し方が分からず戸惑っていると、ロレントの指がリィンの顎を捉えてくる。

強い力ではない。だが抗《あらが》えず、促されるまま上を向く。

再び絡んだ視線は、先ほどとは比べものにならない熱を帯びていた。

「恋人同士の口づけをするよ」

わざわざ宣言する彼は、実は意地が悪いのかもしれない。

明らかにリィンを恥ずかしがらせようとしているのか、ロレントの指先が艶めかしくこちらの顎を摩った。

その手つきに惑わされ、頬に熱が集まる。彼の顔が近づいてくるのに羞恥が煽《あお》られ、リィンが目を閉じれば、唇に柔らかく温かなものが重ねられた。

——これが、愛する方とのキス……

触れたのは身体のごく一部だ。しかしそこから温もり以上のものが滲んでゆく。

幸福感や充足感と呼ばれるそれらは、あまりにも甘美だった。リィンの全身が蕩《とろ》けそうになる。どうにか形を保っていられるのは、ロレントがしっかりと抱き締めてくれているからかもしれない。

そうでなければ、すぐにでもドロドロに溶けてしまう。ほろりと溢れた涙が彼の指先を濡らし、一層強い力で包み込まれた。

ロレントの舌先に唇をノックされ、戸惑いながらも薄く口を開く。

するとその狭間から彼の舌がリィンの口内へ滑り込んできた。

肉厚で滑るものに口の中を擽られる。歯列を辿《たど》り上顎を刺激されれば、喜悦が走った。

「……っ、は……」

息を吸う隙間が分からず、少し苦しい。つい彼の服を握ってしまう。だが口づけをやめたいとは、微塵も思えなかった。

拙くリィンからも舌を伸ばし、互いに粘膜を絡め合う。唾液を交換し混ざり合ったものを嚥下《えんげ》することに抵抗感はない。むしろロレントのものだと思えば、喉の奥がカッと熱くなった。

心音が煩く荒ぶっている。閉じた眦《まなじり》から涙が滲む。

僅かに唇が離れた合間に息を継ぎ、再び深く押し付け合った。

角度を変えたせいか、舌先が探る場所も変わっている。吐息が掠める位置も変化して、リィンの身体を弄ってくる彼の手の温度が上昇しているのが伝わってきた。

言葉もなく自らの肉体で感じ取る全てが、淫蕩さを掻き立てる。夢中で絡め合う舌からは、濡れた水音が響いていた。

口の中で奏でられる淫音は、体内に直接浸透する。耳から拾うよりもっと、いやらしく感じるのは何故なのか。息苦しさも糧にして、リィンの興奮は高まっていった。

「……っ、ん、ふ……っ」

後頭部を撫でていたロレントの指先が襟足付近を愛撫《あいぶ》する。ネックレスのチェーンと肌の境目をなぞって、背後からほんの少しだけ服の中へ潜り込んだ。

特別際どい場所に触れられたわけではない。背中が開いたドレスであれば、何でもない位置だ。それでも、今日のリィンの服装ではあまり肌が見えない仕様になっている分、殊更に羞恥を感じた。

「んん……っ」

だが抗議も悲鳴も全部、彼の口内へ食われてしまった。

漏れ出たのは淫らさを含んだ呻《うめ》きだけ。くぐもった声音には、隠しきれない艶が滲んでいた。

リィンの腰を抱いていたもう片方のロレントの手が、ゆっくりと背中を撫で摩ってくる。大きな掌が上下する度に、腹の奥が熱くなった。

二人の体型も体格もまるで違うのに、こうして抱き合っているとピタリと嵌《はま》る心地がするから不思議だ。まるで最初から身を寄せ合うようにできている錯覚に溺れた。

密着する場所から幸福感が溢れる。けれどもっと近づきたくて、リィンはたどたどしい手つきで彼の背中へ自らの腕を回した。

「……っ、は……リィン……」

こちらの指先が惑いつつロレントの背に触れると、明らかに彼が息を呑んだ。

名前を呼ばれたことでリィンが目を開ければ、そこには情熱を湛えた眼差しで見つめてくるロレントがいた。

言葉以上に雄弁な双眸は、滾《たぎ》る劣情を伝えてくる。更にはリィンの腹に硬いものが当たり、喉奥で掠れた音が鳴った。

――これ……もしかして……

リィンの知識は中途半端に偏っている。妙に詳しいこともあれば、まるで無知を晒している分野もあった。

その中でも、男女のことに関しては到底年相応とは言い難いだろう。だが想い合う恋人同士が互いを求め合うと、男性の身体に変化が訪れることは辛うじて知っていた。

自分へじっと注がれる欲望を感じ取れないほど、リィンも鈍感ではない。ロレントが切なげに目を細め、必死で息を整えようとしてくれていることが、何よりも嬉しいと感じられた。

「ロレント殿下……」

解かれた互いの唇に透明の橋が架かる。しかし強く抱き合った身体は、一向に離れる気配もなかった。

きっと今、リィンの頬は彼以上に赤らんでいるだろう。潤んだ瞳は物欲しげになっているかもしれない。もっとキスをしてほしくて、淫らな気持ちが抑えきれなかった。

甘く毒を孕んだ愉悦が、際限なく湧いてくる。それはリィンの体内に溜まる一方で、次第に苦しさを増した。

見知らぬ感覚は少し怖い。

だがいつもとは違い余裕がない彼の様子に、ロレントも同じだと思うと胸が一杯になった。

――私がロレント殿下にこんな表情をさせているの……？　だったら――とても嬉しい……

初めてのことだらけで尻込みする気持ちもある。けれど本能に従ってリィンは彼を見つめ続けた。

「……そんな風に見られたら、歯止めが利かなくなるよ」

「歯止め……？」

どういう意味だろう。

ロレントの言わんとしていることを明確には理解できず、首を傾げる。

彼が自分を求めてくれているのは分かっても、その後のことまで具体的に想像できる知識はリィンにない。だが『離れたくない』思いが全てに勝っていた。

「リィンが僕を好きになってくれても、大きさや重さはまだ完全に同じじゃない。その場の勢いで流されて、後悔させる真似《まね》はしたくないんだ」

「私の想いが、ロレント殿下のものよりも小さくて軽いとお思いですか？」

そう認識されているなら、悲しい。決して一時的なものでも、状況に煽られたものでもないのに。

「違うよ。だけどリィンよりも僕の抱く感情はきっと綺麗なだけではないから」

遠回しな言葉でも、彼が僅かに腰を引いたことでリィンは悟った。

ロレントはリィンが男女のことについて何も知らないことを理解してくれているのだ。その上で足並みを揃えてくれようとしている。

彼の欲望を優先し、強引に事を押し進めても責められない立場なのに、リィンの意思を尊重しようとしてくれた。

口づけ以上のことは、こちらの気持ちが追いついていないと見抜いているのだろう。まだ、心構えも準備も整っていないと。

それは紛れもなく事実だ。

今だって、リィンは彼とのキスに翻弄され、しがみ付くので精一杯だった。『この先』を望む男性を室内に引き留める意味を、正確に理解しているとは言えないかもしれない。

だがこれ以上距離が開くことの方が、よほど寂しかった。

だからいけないと分かっていても、ロレントの服の裾を掴んでしまう。

あと少し。もう少しだけ傍にいてほしい願望が、自制心を凌駕していた。

「……っ、リィン」

咎める響きを伴った声で、名前を呼ばれた。

耳殻に降りかかる吐息が熱い。リィンがビクリと身を戦慄《わなな》かせれば、彼の額がこちらの肩にのせられた。

「……考える時間をあげる。冷静になって、それでもいいと思ってくれたなら……今夜、寝室のドアノブにリボンを巻いておいてくれ」

「……リボン、ですか？」

ロレントの呼気がリィンの鎖骨付近を湿らせた。焦げつく官能が末端まで駆け抜ける。彼の服を握り締めたままのリィンの掌は、じっとりと汗ばんでいた。

「何色でもいい。結ばれていなければ、僕は大人しく自室に帰る。そのことで君を責めはしないし、何もなかったことにするよ。そしてリィンの心が固まるまで大人しく待つ。これからも君の心を開けるよう努力を重ねる」

　全ての決定権はリィンの手に。そう宣言されているのも同然だった。

「わ、私は……」

「よく考えて。とても大事なことだ。リィンにちゃんと選んで決めてほしい」

　これまでリィンに選択肢を提示してくれた人はいなかった。何もかも決められ、自分はその中で動かされる駒に過ぎなかったから。

　今回もロレントによってアガラン国から助けられ感謝は当然しているが、そこにリィンの意思は差し挟まれていない。

　荒波に押し流され、溺れないよう生きることが、自分の人生なのだと思っていた。流れ着く先を決めてもいいと言われたことに驚きを隠せず、何度も瞬く。

　――私が……決める……？

　確かに、いずれは自立しようと目論《もくろ》んでいた。しかし具体的に計画を立てる術《すべ》すら分からなかったのが事実だ。

　自分はあまりにも世間を知らないし、何の力も持っていない。それ故、濁流の前では大人しく身を預ける以外の処世術を知らなかった。

だからこそ、『ロレントが望んでくれるなら』と受け身の気持ちが根底にあったのでは。

世界はそういうものだと捉えていた分、リィンは答えに詰まった。

「僕は君を愛している。でもそれは、リィンを思い通りにしたいわけじゃない。君を幸せにしたいし、笑顔であってほしいという意味だ」

乱れた髪を直されて、リィンは双眸を揺らした。

彼が伝えようとしていることは、何となく分かる。とても大事で、掛け替えのない教えだ。

これまでリィンの元を訪れた教師も聖職者も、決して語ってはくれなかったこと。必要とされてこなかった『リィン自身の心』へ、ロレントは真摯に問いかけてくれていた。

「リィンの人生も身体も心も、君だけのものだよ。勿論忘れてはならない立場や役割が誰にでもあるけれど、己の一番大事な根幹は見誤ってはいけない。リィンは自由だから」

言い聞かせるようにゆっくり紡がれた言葉は、リィンの心の深い部分へ食い込んだ。

自由。

それはとても尊い。同時に果てしない責任が伴うものだと、理解した。

これまでだって分かっていたつもりだ。しかし、上面でしかなかったのだろう。何かを選び間違えた際、矢面に立つべきは自分自身でしかないのだと、今初めて本当の意味で腑《ふ》に落ちた気がした。

――私は無意識のうちにそれが恐ろしくて、『何もできない』振りをしていたのかもしれない……

下手に行動して、事態が悪化するのが怖かったから。無力だと嘯《うそぶ》いて蹲り続ける理由を捻り出していただけだったとしたら。仮にそれでもっと悪い状況になっても、自分のせいではないと己を慰められる。

卑怯《ひきょう》な己の姿を、垣間見た気がした。

「私……っ」

「ゆっくり考えて。時間はいくらでもある。別に今日中に決めなくちゃいけないわけじゃない。リィンがする選択を、僕は尊重したい。君が僕を愛してくれていると知れたから、いくらだって待っていられる」

頬にロレントの手を添えられ、触れるだけのキスを受けた。

先ほどまでの情熱溢れるものとも違う、穏やかな口づけ。離れてゆく熱が寂しくて、つい追いかけたくなる。

しかし曖昧な気持ちのままそれをしてはいけないことも、リィンには分かっていた。

「……今日は少しだけ忙しい。夜の食事は一緒にできないと思う。だから次に僕と顔を合わせるのが明日の朝か……それとも今夜かをリィンが決めて」

淡く微笑んだ彼が名残惜しげに部屋を出て行った。

残されたのはリィン一人。

しばらく呆然としたまま、一言も発せずどれだけの時間佇んでいたのか。
指先は、無意識にネックレスに触れている。ひんやりとした石が、何故かとても熱い。
突如膝から力が抜けたリィンは、真っ赤になってその場にへたり込んだ。

第四章　君に選んでほしい

静まり返った城内は、既に深夜を回っている。

起きているのは、夜間警護の任についている者が大半だろう。後はこんな時間まで仕事に追われていたロレントくらいのものだ。

ようやく最後の書類を処理し終え、酷使した頭と目を休めるために瞼を下ろして眉間を揉む。

疲労を滲ませた事務官らは一足先に解散させていた。現在王太子の執務室にいるのは、ロレント一人だけだ。

静寂の落ちた室内に、深い嘆息が響く。

……疲れたな。だがどうにか夜が明ける前に終わった……

一日でも目を通すのが遅れれば、その分下の者に皺寄《しわよ》せが行ってしまう。他の者で代行できるところは任せていても、ロレントでなければならない案件はいくらでもあった。

今回も東部で起きた土砂崩れに関する対策や支援は、後回しにしていい内容ではない。

——雨が続けば、疫病が発生するおそれがある。一刻も早く復興し、民の生活を再建させせなければ。

リィンとの時間を捻出するため、無理をしている自覚はあった。

だがどちらも片手間にはしたくない。今よりもっとランツ国を豊かにするため尽力は惜しまないつもりだし、やっと手にした彼女との交流を諦める気もさらさらなかった。

故に、ロレントは睡眠時間を削り、食事さえもおざなりに済ませるしかない。今夜の夕食は、片手で口へ運べるもの。それも頭は目の前の書類に集中していたので、正直何を食べたのか記憶がない有様だ。

――だが全く苦ではない。

逆に気力は漲《みなぎ》っている。それもこれも、リィンという存在があればこそだ。

自室に戻ったロレントは、逸る気持ちを落ち着けるため、あえて冷水で身体の汚れを流した。いつもなら適温に温めた湯を使うけれど、これほど遅い時間に侍女らへ命じ準備させるのが躊躇《ためら》われたせいもある。

だが一番の理由は、茹《ゆだ》りそうな頭を冷やすためだった。

執務中はどうにか冷静さを保てたが、仕事が終わった途端にリィンのことしか考えられなくなっている。幾度目を閉じても開いても、浮かぶのは彼女のことのみ。

昼間交わした約束が何度も明滅しロレントを惑わせた。

――あんな風にリィンを追い詰めるつもりはなかった……つい、抑えが利かなかった……

余裕ぶってあの場を引けた自分を褒めてやりたい。本当はすぐさま押し倒してしまいかねないところを、渾身の理性で押し留《おしとど》めたのだ。

彼女が自然に身を任せてくれるまで何年でも待つつもりだった。待てると信じていた。

しかしロレントは、自分で思うほど忍耐力を持っていなかったらしい。

リィンの拙《つたな》い誘惑に簡単に陥落し白旗を揚げている。おそらく彼女は、そこまで明確な意図などなかったと思う。それなのに、大人の男として戒めねばならない自分はそれに便乗した形だ。

——卑怯だな……

あんな言い方をしたら、リィンが気に病むのは分かっていた。きっとあれから彼女は随分悩んだに違いない。食事は喉を通らず、終始上の空だったのでは。

困らせてしまったのは確実だ。

だがそんな後悔を押しのけて、昼間から長い時間ずっとリィンが自分のことを考え続けてくれていたと思えば、名状し難い愉悦がロレントの内側で生まれた。

彼女の意思を無視する気は毛頭ないが、自分に囚われてほしいとも希《こいねが》っている。他のことなど一切目に入らず、考える隙間もないほどに。

そんな日々が訪れたら、どんなに素晴らしいことか。

きっと歓喜が弾け、浮かれてしまうに違いない。

本音では二人きりの空間に閉じ籠って、互いだけを見つめ合って生きてゆきたい。リィンの世界には自分だけがいればいい。

こんな爛《ただ》れた己の素顔は愛しい人にはとても見せられないもの。

彼女の前では高潔な大人の男でいたくて、ロレントは必死に背筋を正している。

民や臣下は自分を理想的な王太子だと褒めそやしてくれるが、もし彼らの目にそう映っているなら、それは全てリィンのおかげだ。

彼女に恥じないよう、常に厳しく自身を律しているからに他ならなかった。

――リィンは僕を待ってくれているだろうか……

もしもロレントの全てを今夜受け入れてくれるなら、寝室のドアノブにリボンを結ぶ。そう提案したのはロレント自身だ。けれど結果を知るのがとても怖い。

一刻も早く確かめたい衝動と同じだけ、確認するのが躊躇《ためら》われた。

リィンに拒絶はされたくない。しかし無理強いは以《もっ》ての外《ほか》。

複雑な心情に決着をつけられないまま、ロレントは濡れ髪を適当に拭き、寝衣を身につけた。

こちらの居室から彼女が使う部屋へは、実は廊下を通らずにも行き来できる。普段は鍵をかけているため、勝手に出入りができないだけだ。

本来の用途は敵襲があった場合、秘密裏に脱出するための通路らしい。または、王太子とその妃が、ひっそり逢瀬を重ねるためだとか。

つまりリィンが使っている部屋は、未来の王太子妃が住まう場所でもあった。

――だがその事実をリィンに教えていないのだから、疚《やま》しいのは自覚している……

己の中ではとっくに心を決めていた。自分の隣に立つのは、彼女しかいない。いずれはリィンへ正式に求婚するつもりだ。

しかし彼女はまだランツ国に慣れるのに必死で、そこまでの気持ちは固まっていないと思う。ロレントが外堀を着々と埋めていると知れば、尻込みしてしまうかもしれない。下手をすれば、逃げ腰になる恐れもある。

――勿論、簡単に逃がすつもりはないが……

我ながら焦っていたのは否めない。自分が期待するほど鷹揚に構えていられなかったようだ。

――僕もまだまだ未熟だな……

ロレントは小さなランプ一つを手に持ち、暗闇の中を進む。二人の居室を区切る扉の鍵を開け、音を立てないよう慎重に開いた。

ここを開けば、リィンの寝室の一つ手前に出る。つまりリボンが結ばれていれば、すぐに目に飛び込むということだ。心臓の音が大きくなり、夜の闇を揺らす。

ロレントが怖々ランプを掲げた先には――

「……っ」

繊細なレースで編まれたリボンが、ドアノブに結ばれていた。

しかも色は白。暗がりでもはっきりと見て取れる。

それはいつぞやロレントがリィンへの贈り物として選んだ、優美な品だった。

ドクドクと心臓が暴れ出す。緊張感で喉が渇いた。冷水で冷やしたはずの頭も身体もたちまち火照ってゆく感覚は、深呼吸を繰り返すことで必死にやり過ごした。

――仮に彼女が僕を待ってくれていたとしても、この時間だ……もう眠ってしまったかもしれない。

リィンを無理に起こす気はない。彼女が夢の中にいるなら、寝顔だけでも見て戻ろう。少なくとも、その権利が自分にはある。

そんな言い訳を並べ立て、ロレントは震える右手でリィンの寝室へ通じる扉を開いた。

「……！」

息を呑んだのは、自分か彼女か。おそらく双方同時に違いない。

リィンはベッドで上体を起こし、肩にはショールをかけていた。

手元には開いた本。すぐに眠るつもりがなかったのは間違いない。

てっきり室内は完全な暗闇だと想像していた。しかし予想に反し、相手の顔が見える程度に明かりが灯されている。

それだけで、リィンが自分を待ってくれていたのだと明確に分かった。

きっと彼女は睡魔と戦いつつ、落ち着かない時間を過ごしていたはずだ。揺れ惑う気持ちを抱え、何度も引き返そうかどうか悩んだことだろう。あまりにも遅い時間になったせいで、ひょっとしたらロレントの冗談だったのかと疑い始めていた可能性もある。

けれど、そういった懊悩《おうのう》を乗り越えて、こんな刻限まで自分の来訪を待ってくれていた。

そう思い至れば、引き絞られるような甘い痛みが胸を刺し、ロレントはゴクリと喉を上下させた。

「こんな時間になってしまい、済まない……」

「い、いいえ。お忙しかったのですね。お仕事、お疲れ様でした……」

ギクシャクとした挨拶を交わし、ロレントは部屋の中へ一歩足を踏み入れる。如実に頬を赤らめたリィンの愛らしさに釘付けになりつつ、後ろ手で扉を閉めた。

「……」

圧倒的な沈黙が室内に落ちる。

二人きりになったことはこれまでにもあるが、深夜に洗い髪を晒したのは、当然今夜が初めてだった。彼女の清楚な寝衣姿を目にするのも初体験。

当たり前だがコルセットなどの下着を身に着けていないことが、布越しにも見て取れた。柔らかな曲線を描く肢体を、薄布一枚では全く隠せていない。

ロレントは渾身の力で理性を掻き集め、リィンを怯《おび》えさせないよう慎重に動いた。一歩ずつ近づくごとに、全身の体温が上がってゆく。

俯いた彼女の頬から首にかけては、熟れた果実の色に染まっていた。いや、寝衣から覗く手首も同じ赤になっている。

ロレントがベッドの手前で立ち止まると、リィンが緩々と顔を上げた。

「……お待ちして……いました」

その一言で、保っていたなけなしの理性は引き千切られた。

伸ばした腕で彼女を掻《か》き抱《いだ》き、思い切り口づける。

キスはこれで二度目。それなのに昼間よりも余裕なく貪るように舌を絡めた。

粘膜同士を擦り合わせ、唾液を啜《すす》り上げる。逃げ惑うリィンの舌を吸い上げて味わえば、彼女の喉から官能的な音が漏れた。

「ん……ぅ……んん……っ」

仄かに花の香りがした。

リィン用には最高の品質と謳われる石鹸《せっけん》や香油を取り揃えてある。全てはロレントが厳選したものだ。

自分が用意したものだけをリィンが纏っていると思えば、下腹部がズクリと疼いた。

今彼女が着ている寝衣も、ロレント自らが選んだ品だ。きっと似合うと確信していたけれど、まさかこれほどとは。

――リィンは着飾らなくても美しい……彼女の魅力を引き立てるのに、余計な装飾品はいらないのかもしれない……

キスを繰り返しながら体勢を変え、彼女をベッドに横たわらせる。

優しい色をした茶の髪がシーツに広がり、幻想的な模様を描いた。

「あ、あの……ロレント殿下……」

「殿下、はいらない。リィンには特別な呼び方をしてほしい」

「そんな、畏れ多い……」

「僕らは恋人同士なのに？」

躊躇《ためら》うリィンと鼻を擦り合わせ囁けば、彼女が円らな瞳《つぶ》を更に大きく見開いた。

もしや、晴れて恋人同士になったと浮かれていたのは自分だけなのかと焦る。だが次の瞬間、リィンが涙ぐみながら微笑んでくれたので、秘かに息を吐いた。

「嬉しいです……そんな風におっしゃっていただいて……」

「リィンは僕のたった一人の恋人だ。だから名前を呼んでほしい。誰よりも親しい間柄だと、実感できるように……」

懇願を誘惑の視線にのせた。

リィンは明らかに狼狽《うろた》え、何度も唇を開閉している。少し、無茶を言い過ぎただろうか。彼女の逡巡が手に取るように伝わってくる。

だがどうしても今夜呼んでほしい。その気持ちが堪えられず、じっと見つめ合った。

沈黙は数秒。すると彼女ははにかみながら、艶やかな唇を動かした。

「……ロレント……様」

「様もつけなくて構わないと言いたいけれど、今日のところはよしとしよう」

多幸感で胸がはち切れそうになる。

殿下ではなく、個人としての名前を呼んでくれるのはリィンの他に父だけだ。母を亡くして以来、女性には口にされたことがなかった。だからこそ、特別感が際限なく募ってゆく。

もう彼女は異国の王族でも、ただのハトコでもない。大事な恋人なのだと胸に刻み、ロレントはリィンへ覆《おお》い被《かぶ》さった。

二人分の体重を受け止めて、ベッドが僅かに沈む。

大人が数人寝転んでも、充分な広さがある。これまではその広さが好ましかったけれど、今後はもっと狭くても良い気がした。

――そうすればリィンと密着できる……素晴らしい考えだ。ピッタリと抱き合って眠る口実ができるじゃないか。

早くも頭の中は、この先当たり前のように一緒に眠ることを想定していた。

正式な婚約はしていないどころか求婚もまだなのだが、もはやロレントの中では既定路線だ。後は相応しい時期を決めるだけ。

結婚式は温かく穏やかな季節がいいか、逆に雪景色の中でも悪くないかもしれない。おそらく色の白いリィンをより美しく魅せてくれるだろう。もしくはランツ国の夏は短いけれど、その分人々が最も活発になる時でもいい。きっと活気溢れる祝祭になるはずだ。

浮かれた思考が次々に湧いて出る。

——ウエディングドレスは誰へ依頼しようか。その前に記念の指輪を作成しなくては。ああ、肖像画の手配も忘れてはいけない。

すっかり幸せな夢想に浸っていたロレントは、リィンに頭を撫でられて正気に返った。

「……？　リィン？」

彼女の細い指が金の髪を梳《す》いている。やや擽ったいけれど、あまりにも真剣な面持ちでリィンが手を動かしているので、ロレントはそのままじっとしていた。

「あ、その……ずっと貴方の髪に触れてみたいと思っていたのです。突然、ごめんなさい」

「僕の？　何故？　勿論好きなだけ触れてくれて構わないけれど……」

リィンの望みであれば、どんな小さなことでも叶えたい。それに彼女の手が髪を弄ぶのは、極上の気持ちよさがあった。獣が飼い主に甘えるのは、こんな感じなのだろうか。

思わず自分から頭をリィンに摺《す》り寄せれば、彼女が驚いた後にクスクスと笑い出した。

「ロレント様にこんな可愛らしい面があったなんて、意外です」

「こんな僕には、幻滅する？」

「しません。反対に……ドキドキしました。それに、少しですが緊張が解れました……ありがとうございます」

はにかんだリィンは極上に愛らしかった。先ほどまで強張っていた身体も、僅かに力が抜けている。そういう意図はなかったが、結果的に大正解だったようだ。

「それなら、良かった……僕からも君に触れていいか？　――直接」

言外に込められた意味を正確に汲《く》み取った彼女は、顔だけでなく全身をたちまち茹《ゆ》だらせた。

それでもコクリと頷いてくれる。

恥ずかしげに強く閉じられた瞼にキスを落とし、ロレントはリィンの寝衣を脱がせていった。

薄布は、丁寧に扱わなければ容易に破れてしまいそう。

共布のリボンも細く繊細で、力加減を誤れば引き千切ってしまいかねなかった。

逸る思いを戒めて、懸命に冷静であろうと心がける。

彼女を不安にさせたくはない。沢山考え、決意してくれたリィンを失望させたくもなかった。

この世で一番大切な宝物を守る包み紙を、一枚ずつ剥いでゆく気分だ。彼女の素肌が露になってゆく度、クラクラと眩暈がする。

吸い込む空気にもリィンの芳香が混じっている気がして、ロレントの体内が熱を帯びた。

「……ん……っ」

残るは下肢を覆う下着一枚だけ。

形のいい胸の先端が淡く色づいているのが目に入り、ロレントの喉がゴクリと鳴った。

細身の肢体に、魅惑的な二つの膨らみが実っている。隠そうとする彼女の手をやんわりと押さえ、凝視せずにはいられない。

この瞬間を数えきれない回数想像してきたが、現実はそれらを遥かに上回る興奮をもたらした。

「とても、綺麗だ」

「み、見ないでください……」

「ごめんね。その約束はできない」

「そ、そんな」

小刻みに震える肌が桃色に染まり、筆舌に尽くし難いほど艶めかしい。リィンが少しでも素肌を隠そうとして身を捩《よじ》る姿にも、劣情を煽られた。

「は、恥ずかしい……」

「先に謝っておく。もっと恥ずかしいことをしてしまうと思うから」

「え……きゃ……っ」

彼女の身体に残された、最後の薄布を両脚から抜き取った。

これでもう、二人を遮るものは何もない。ロレントは自らの寝衣も脱ぎ捨て、生まれたままの姿でリィンを見下ろした。

ベッドが鼓動で揺れないのが不思議なくらい、高鳴っている。

羞恥に耐える彼女は拳を握り締め、瞑目したまま顎を引いていた。本当は足を閉じたいところを、ロレントが間に陣取っているため叶わないらしい。

細い太腿は微かに戦慄《わなな》いており、薄く汗が滲んでいる。その付け根に視線をやり、ロレントは強い喉の渇きを覚えた。

長すぎる片想いが成就しようとしている。恋焦がれた人が目の前にいるのだと思うと、理性を失ってしまいそうな自分が怖い。

昼間は死ぬ気で己を律したけれど、再度同じことをしろと言われたら無理かもしれない。

それほど、今夜のリィンは魅力的だった。

無垢な清純さを残しつつ、大人になった妖艶さも醸し出している。

すっかり成熟した女の香りに、『妹』だった面影はどこにもなかった。

「ロレント様……」

しばし黙り込んだロレントに不安を覚えたのか、彼女が薄目を開いてこちらを見上げてくる。

その様子に微笑み返し、ロレントはリィンの髪を一筋指に搦めた。

「大切にする。ロレント・ランツの名に懸けて、君を絶対に悲しませない。心から愛している」

「……っ、わ、私も……貴方を愛しています」

待つと言いながら急かしたのも同然の自分に、彼女はどこまでも優しい。

そんな真っ白な新雪を踏みにじったアガラン国へは二度と返すまいと、改めて心に誓った。辛いことの多かったリィンには、この先喜びだけを見出してもらいたい。

その助けに自分がなれるのなら、これ以上光栄なことはない。

彼女が幸せになることこそ、エリナの望みだとも思った。

「ありがとう。君さえいてくれたら、僕はそれで満足だ」

「……ぁっ……」

胸の飾りに口づけて口内で転がせば、リィンが艶めかしい声を漏らした。もう片方の乳房に触れると、しっとりと肌が吸い付いてくる。

柔らかな肉が形を変え、中心の芯がより硬さを増す。その頂を二本の指で捏《こ》ねてやると、彼女が控えめに身悶《みもだ》えた。

「ゃ……駄目、そこ……っ」

「擽ったい？　それとも痛い？」

「ど、どちらでもありませんが、ゾクゾクして……っ」

「だったら良かった」

自分が『気持ちいい』と吐露してしまったとは夢にも思っていないのだろう。リィンが『どうして止めてくれないの？』と言わんばかりの顔でこちらへ視線を向けてきた。

やや不満げなところも可愛らしい。

何をしてもロレントの劣情を誘うだけだとは、彼女には想像もできないに違いない。

そんなところもひたすらに愛らしく、ロレントは乳嘴の脇にチュッと吸い付いた。

「……んんッ」

強く吸ったリィンの肌に赤い痕が残り、至極ロレントの独占欲を満たしてくれた。彼女にとっては未知の痛みだったのか、戸惑う様子が堪らない。

愛してやまない人に新たなことを教えるのが自分だと思えば、計り知れない愉悦が込み上げた。

「ごめんね、痛かった？」

「平気ですが……チクッとしました……今のは、何ですか？」

「リィンに僕の印を付けたんだよ。誰にも取られないように」

赤い痕を愛おしむ手つきで撫でると、頭を起こした彼女が自らの胸を見下ろした。白い肌に残る花弁の痣《あざ》は、どこか背徳感を帯びている。

男の身勝手な自己満足を、リィンは嫌がるだろうか。

欲望に負けてついしでかした所業に、ロレントは今更ながら怖くなった。彼女の眉間に皺が寄る前に謝るべきか逡巡していると――

「……嬉しい、です。私もロレント様に同じ印を付けたいです」

予想に反しリィンは瞳を輝かせた。しかも妙に乗り気になって、『やり方を教えてほしい』

とまで宣《のたま》うではないか。

「君が、僕に？」

「私には無理でしょうか？　ですが私もロレント様を誰にも取られたくありません……」

「……っ」

自分がどれだけ危ういことを言っているか、自覚がない分恐ろしい。

腰を直撃する発言に、ロレントの下腹へ熱が集まるのが分かった。焦るなと己に言い聞かせても、既に痛いほどそこは張り詰めている。

獰猛な衝動を必死に落ち着かせ、ロレントは平静を装って、肌に鬱血痕を刻む方法をリィンに教えた。

「唇を窄《すぼ》めて、一気に強く吸い上げるんだ。――皮膚の柔らかい場所の方が、痕が残りやすい」

「んん……？　全く赤くなりません。難しいですね……あの、ロレント様は痛くありませんか？」

「全く。もっと思い切り力を込めて」

男の肌の方が厚く硬い分、リィンのか弱い力では一向に上手くいかなかった。しかもロレントは日々鍛錬を重ねている。簡単に内出血はしないし、日に焼けているせいで色の変化が分かり難いのかもしれない。

結局彼女は何度も挑戦してきたが、全て失敗に終わった。

――擽ったい……リィンの唇が小さくて、変な気分になってくる。

客観的に見れば、ひたすら彼女が自分の身体のあちこちにキスをしてきた状況だ。搔痒感も折り重なれば、別の感覚を呼び覚ました。快楽――と呼ばれる種類のものを。

「……ごめん、リィン。また後でいくらでも練習に付き合う。でも今は……」

滾る呼気を吐き出して、ロレントは彼女に口づけた。性急に舌を絡め、驚きの声と吐息を奪う。

――足りない。

これくらいでは到底飢えは満たせない。むしろ渇望が大きくなる。

何度も角度を変えて唇を貪るうち、リィンの表情が蕩けたものへ変わった。

「……は、ふ……」

潤んだ瞳が半眼になっている。飲み下しきれなかった唾液が口の端を伝う様がいやらしい。

しかし彼女の双眸に戸惑いが揺れているのを見逃してはならない。

思わず欲望を剥き出しにしてしまったことを反省し、ロレントは懸命に余裕を装い、彼女を怖がらせないよう努めた。

「僕に全部任せて」

返事の代わりにリィンの手がこちらの背中に回され、小さな掌が這う感覚に息が乱れる。

殊更大人の男を演じ、ロレントは彼女の額に唇を落とした。

あらゆる災難から守りたい気持ちと、根こそぎ奪い去りたい欲求。どちらも嘘ではない。偽りのない本音だ。相反する二つの願いが、常にロレントの中で渦巻いている。だがいつだって前者の方が最終的に勝った。

「愛しているよ」

言葉一つでリィンが喜んでくれるなら、何度でも口にする。こんなにも甘い台詞を自分が吐き続けるなんて、きっと側近が耳にすれば幻聴だと思うのではないか。

これまでのロレントなら、軽はずみなことは絶対に言わない。微笑で本音を隠し、内面を悟られることを良しとしてこなかった。

甘えたくなるのも、余裕を保つのに苦労するのも、リィンが相手だからだ。掛け替えのない特別な人故に、隠し事は難しかった。

どうしたって素のままの自分が顔を出し、それを受け止めてくれる彼女に一層煽られる。暴走しかかる恋心を諌《いさ》める方法はどこにもない。

大きくなる一方の気持ちでリィンを驚かせないよう、自重するのが精一杯だった。

円《まろ》やかな乳房の弾力を堪能し、また赤い花を刻んでゆく。

彼女の白い肌に己の残した痕が増える度、なけなしの理性を取り戻せる心地もした。

「……ぁ、や……っ」

硬く立ちあがった乳首を親指の腹で擦り、優しく愛撫する。膨れた先端は鮮やかな赤に染まり、美味しそうなことこの上ない。

たっぷりと唾液を塗《まぶ》して舐めしゃぶれば、リィンの声が甘く濡れた。

「う、んん……ロレント、様……」

「気持ちいい？　リィン」

「き、聞かないでください……っ！」

涙目の顔と掠れた吐息が、答え同然だった。まだ秘められた場所には触れていないのに、彼女は息も絶え絶えになっている。

膝を切なげに動かしているのは、おそらく無意識だと思う。閨《ねや》に関して詳しく知らないリィンは、己の身体に起こっている変化についても充分な知識は持っていない可能性が高かった。

――考える時間をあげると言っておきながら、僕は本当に狡《ずる》いな……

僅か半日で、彼女が必要な知識を集められたとは思えない。それでも、もう引き返したくなかった。

リィンが感じてくれているのを免罪符に、彼女の脇腹をなぞり、下腹を通過して両脚の付け根へと自らの手を滑り込ませる。そこは既に、しっとりと潤いを湛えていた。

「ぁ、駄目……っ」

「嬉しいな。リィンの身体が僕を受け入れようとしてくれている」

愛蜜の滲む花弁を辿り、秘裂に沿って指を往復させた。中の温もりや感触を想像するだけで心臓が弾け飛びそうになる。内側は、いったいどれほど心地いいことか。

けれどまだ早い。彼女に痛みは極力与えたくなかった。

何度も陰唇を摩り、自分の指に滴を絡ませ、合間にキスの雨を降らせる。リィンは口づけを気に入ってくれたらしく、積極的に応えてくれた。

その隙をついて、ロレントは慎ましい花芯を愛でてゆく。

「ふ……ッ」

そこは他者に触れられ慣れていないのが明らかで、あまりにも弱々しい。だが快楽に貪欲でもあった。

初めこそロレントの指から逃れるようにリィンは身をくねらせていたものの、しばらくすると肉芽が控えめに勃ち上がり、彼女の腰も揺れ始める。

硬くなった粒を指先で転がし扱いてやれば、リィンの鼻に抜ける呼気も甘さを帯びていった。

「ん……ぁ、ん……っ、く……」

ロレントの指先から逃げる淫芽を擦り、押し潰しては優しく撫でる。小さかった蕾《つぼみ》が摘まみやすい大きさに育つ頃には、彼女の呼吸音が切羽詰まったものに変わっていた。

「はぅっ……ぁ、あ、あんッ」

とろとろと熱い滴が蜜口から溢れ、ロレントの手首まで濡らしてゆく。

もう片方の手で乳房を揉《も》み込《こ》むと、如実に蜜液の量が増えた。

「ぁ……ロレント様……っ、何か、ゾクゾクして……ッ」

「君が感じてくれているなら、嬉しい。でももっと大胆になってくれてもいいよ」

「あ……ッ？」

リィンの脚を大きく開き、彼女が呆然としている間にロレントは濡れた花弁へ顔を寄せた。

リィンが冷静であれば、決して許してはくれないだろう。

秘めるべき場所へ舌を伸ばし、赤く熟れた果実を味わった。

「あぁ……ッ？」

彼女の全身が鋭く強張る。きっと、何が起こったのか未だ理解できていないはずだ。ロレントは抵抗される前にリィンの太腿を抱え直し、尖《とが》らせた舌を蜜窟へ遊ばせた。

滴るほどの潤滑液が甘い香りを放っている。自分はさながら花の香りに誘われる虫だと感じた。

透明の滴に塗れながら、花芽を求めて舌を這わせる。

粘膜全体で圧迫し、次に転がし、口内へ吸い上げれば、愛しい人の悲鳴じみた嬌声《きょうせい》がますます大きくなってゆく。先ほど乳房の先端へしたのと同じ行為を、もっと敏感な場所へ施した。

「……ぁ、ああ……ッ、んぁッ」

本気で噛《か》むつもりはないけれど花芯に軽く歯を押し当て、肉粒の弾力を楽しんだ。よほど気持ちいいのか、リィンの声が卑猥に掠れる。

シーツの上でのたうつ肢体を抑え込み、ロレントは一層熱心に舌を蠢かせた。

彼女の薄い腹が波打って、踵がシーツに皺を刻む。途中何度か脚が宙を蹴り、四肢が不随意にヒクついた。

「ぁ……あぁぁ……ッ」

リィンが艶声を迸《ほとばし》らせ、達したことが分かった。引き絞られた手足が一気に弛緩《しかん》し、力なく投げ出される。

口回りを淫蕩な体液で濡らしたロレントは、うっそりと微笑んだ。

何も知らない彼女の身体に悦楽の種を植えられたことが誇らしい。

自分がリィンにとって初めての男。そして最後の男だという充足感で頭が痺《しび》れた。とてもじゃないが、こんなに爛れた思考は彼女に知られたくない。

歪な弧を描きそうな口元を引き締め、ロレントはリィンの乱れた髪を直してやった。柔らかな髪は、ずっと触れていたいほど触り心地がいい。

彼女は初めての絶頂に愕然としているのか、荒々しい呼吸を繰り返している。幸いにもこちらの愚かな執着心には気づいていないようだ。

人知れずホッと息を吐き、ロレントは自身の指をリィンの泥濘《ぬかるみ》に沈めていった。

一度達したことで多少は綻んでいるものの、まだそこは頑《かたく》なに閉じている。

傷つけないよう慎重に。時間をかけて奥を目指した。

「……ぃ、ぅ……っ」

「痛かったら、すぐに教えて」

「大丈夫、です。違和感はありますが……」

無垢な処女地はひどく狭い。異物を排除しようとして、指一本でも押し出そうと蠢いた。けれど丁寧に内部を探っていると、次第に強張りが解けてくる。

増した潤みのおかげで、媚肉に食いしめられていたロレントの指は、格段に動かしやすくなった。

「は、ん……ッ」

彼女の声音に、微かな艶が入り混じる。甘い響きは、たちまちロレントを虜《とりこ》にした。

「もっと聞かせてくれ」

「んぁッ、や……そんな……っ、ぁ、あ……ッ」

ゆっくり、けれど着実に往復する範囲を広げ蜜襞を摩った。特にざらつく場所を重点的に刺激すれば、リィンの爪先が愛らしく丸まる。

ヒクつく四肢に力が籠り、髪を振り乱す様がロレントの目を射《い》ってやまない。何もかもが釘付けになる。心も視線も、彼女以外全てがロレントの中から追いやられていった。

「……っ、教えてくれ、リィン。ここはどう?」

「あ……！　ま、待ってくださ……ゃ、んん……ッ」

隘路が僅かに綻んだ隙を見逃さず、もう一本指を中へ差し入れる。それぞれをバラバラに動かせば、彼女がビクッと背筋を仰け反らせた。

「んぁ……ッ」

リィンの発する甘い香りが濃くなった気がする。その匂いはロレントを誘惑して止まない。度数の高い酒を飲むより酩酊《めいてい》感を高め、思考力を鈍麻させた。

「ロレント様……っ、ぁ、変になる……っ」

「いいよ。リィンのあらゆる姿も見てみたい」

きっと自分は、人並み外れて独占欲が強いのかもしれない。彼女の『初めて』が欲しくて貪欲になっていた。

蜜路を探る動きを速め、わざと水音を奏でる。柔らかくて温かい。自然と喉が鳴り、渇望が高まった。

「……はっ……ぁ、あああッ」

二度目の高みにリィンを押し上げ、震える彼女の腕を摩ってやった。

快楽が何度も押し寄せるのか、肌を戦慄《わなな》かせている。蜜口からはトロリと新たな滴が滴り落ちた。

太腿を伝う温い滴が、シーツの色を変えてゆく。その淫靡な光景にこれ以上のやせ我慢は不可能だった。

「……リィン、一生君を愛し続けるよ」

茫洋とした眼差しをさまよわせる彼女に誓い、自身の屹立をリィンの花弁へ押し当てた。

絶頂の余韻で無抵抗の間に腰を押し進める。だが指とは比べものにならない質量を呑み込むのは、初めての彼女にとって苦しい行為に決まっていた。

「ひ……、ぅ……ッ」

「息を吐いて、リィン」

目を見開いて耐える彼女に声をかけ、口づけで気を紛らわせた。

リィンが快楽を得てくれた乳嘴や花芽を愛撫して、遠退きかけた愉悦を呼び戻す。それでも辛いのだろう。彼女は顔を歪め、きつく目を閉じている。

けれどキスには応えてくれ、自らロレントにしがみ付いてもくれた。

――何て愛おしい……

他の誰にもこんな感情を抱いたことはない。己の全てをかけても、惜しくないとすら思う。

これまで死に物狂いで手にしたあらゆるものと天秤にかけたとしても、リィンの方が遥かに重い。

彼女がいない世界でどうやって生きてこられたのか、もはや思い出せもしなかった。

今やロレントにとって世界は、リィンを中心に回っている。いや、声を聴くことも叶わなかった九年間でさえ、彼女が最も大事な場所にいたのは間違いない。

何かを選択する際、決定を下す時、心の中では常にリィンの存在が浮かんでいたのだから。

「……ロレント……様……ッ」

「辛かったら、僕に爪を立て、噛みついてもいい」

荒い息の下で、どうにか言葉を紡いだ。何故なら、もう止まれない。仮に彼女がやめてと訴えても、自分は引き返せない気がした。

だからどうか拒まないでくれと、全身全霊で希《こいねが》う。絶対に幸せにしてみせるからと視線で語りかけた。

「……っ、しません……そんなこと……だって、とても幸せだから……」

涙の膜が張る双眸で、リィンがこちらを捉えた。おそらく視界は滲んでいるはずだ。けれどしっかりと視線が絡む。

ロレントの姿を映した彼女の瞳が、嬉しそうに細められた。

「貴方と一つになれて、嬉しい……」

互いの腰が重なり合っている。

痛みを感じていないはずはないのに、リィンが微笑んでくれた。戦慄《わなな》く指先がロレントの背をなぞり、軽く引き寄せてくる。

そんな健気な姿に撃ち抜かれない男がいるなら、教えてほしい。

愛する人と想いが通じ合った感激で、ロレントは背筋を震わせた。

「あ……っ」

「すまない、まだ動くと痛いだろう」

馴染むまではじっとしていようと決めていたにも拘らず、つい身じろいだせいで、彼女が小さく呻いた。

慌てて動きを止め、呼吸を整える。そうでもしないと、身勝手に動きたくなるから厄介だった。男の本能はかくもままならない。大事な人を傷つけまいと心がけても、欲望に負けそうになる。

ロレントは深呼吸して、下腹に力を込めた。

これまで感じたことのない悦楽に頭が支配される。愛する人と肌を重ねる悦《よろこ》びは、何ものにも代え難かった。

少しでも気を抜けば、たちまちこちらの方が達してしまいそうだ。あまりにもリィンの中が心地よく、ずっとこうしていたいのに吐精を促される。

ぐっと奥歯を噛み締め衝動を堪えていると、彼女が細い指先でロレントの髪を梳いてきた。

「……ん……もう、大丈夫です。気を配ってくださって、ありがとうございます」

涙目で告げるリィンに、ロレントの心音が跳ね上がった。

愛しさが飽和する。愛しているなんて言葉では、とても言い表しきれない。どんな表現も、今の気持ちには追いつかないと感じた。

心の昂《たか》ぶりは、そのまま肉体にも変化を及ぼす。ロレントの楔《くさび》がより漲《みなぎ》り、彼女の蜜道を押し広げた。

「……っ」

息を呑んだリィンにも、生々しい感覚が伝わったはずだ。彼女の眦から涙が溢れ、痛々しいのに劣情を煽られる自分はどうしようもない。

せめてこれ以上リィンに苦痛を与えないため、ロレントがゆっくりと腰を引きかけた時。

「駄目……っ、行かないでください……！」

思わず、といった風情で彼女が制止を訴えた。

引き留める手により、ロレントは身体を起こせなくなる。唖然としてリィンを見下ろせば、彼女もやや動揺を滲ませていた。

「……も、申し訳ありません。でも……まだ、こうしていたいです……ロレント様に愛されていると、実感したいから……」

「……っ、そういう可愛らしいことを言うのは、場合によっては危険だ……っ」

無自覚だからこそ、質が悪い。いや、純真なリィンに翻弄されるのは、自分の側に問題があるのも理解していた。

彼女の何気ない言動の全てに魅了される。深読みし、勝手に一喜一憂してしまう。

ひょっとしたら自分は、心のどこかで振り回されることを期待しているのかもしれなかった。無邪気さに惑わされ、自身でも知らなった一面を抉《えぐ》り出《だ》されてみたい。

あまりにも綺麗なリィンの傍にいると、過去に切り捨ててしまった素のロレントが顔を覗かせる。とっくの昔に自ら捨てた弱さも、彼女が肯定してくれる錯覚を抱ける気がした。

端的に言えば、甘えているのだろう。

――五つも年下の女性に……

「あ、ぁ……ロレント様……っ」

再び上体を倒し、結合を深める。己の剛直でリィンの蜜道を掘削し、熟れた粘膜を摺り上げた。

腰が溶けるほど気持ちがいい。吐き出した息は、呆れるほど卑猥さを孕んでいる。

一度動き出すと止められず、ゆったり肉槍を引き抜くと再び淫道へ打ち込まずにはいられなかった。

「リィン……っ」

「ロレント様……っ」

互いに名前を呼び合って、局部を重ねた。肌がぶつかる度に、拍手めいた音が鳴る。

掻き出された愛蜜が濡れた淫音を奏で、部屋の中に響く。そこに二人分の荒い呼吸音が交ざり、ひどく淫らな空間が出来上がった。

「あ……ぁ、ああ……ッ」

甘く鳴いてくれる声をずっと聞いていたい。控えめな喘ぎは耳から注がれる媚薬《びやく》同然だった。

視覚から飛び込む情報も刺激的で、本当に酩酊しそうになる。

ゆったりと身体を揺らせば、同じ律動を彼女が刻んでくれた。

リィンの内側は、思い描いた以上に柔らかで温かい。それでいて狂おしく絡みついてくる。

まるで楔も抱きしめられている気がして、おかしくなりそうだった。

「ひゃぅ……っ、ぁ、あ……」

繋がったまま共に揺れ、深く手を握れば、荒々しく動かなくても絶大な快楽を分かち合える。

いっそこの時が永遠に続けばいい。閉じられた空間で、互いだけを貪っていられたら、他に何も望むものはない。それこそが己が抱く一番の願いだ。

愚かな妄想に耽りながらロレントは緩く腰を突き上げ、彼女がより反応を示す場所を探った。

自身の快楽よりも、リィンの悦びを優先する。あわよくば二度と離れられないと思うほど、溺れ切ってほしかった。

「あ、あ、ァああ……っ、ひ、ぁああッ」

先端を彼女の最奥に押し当てたまま小突き、すっかり顔を覗かせた花芽を指の腹で押し潰した。真っ赤に膨れたそこは先刻より力を加えても、全て法悦に変換するようになったらしい。

涙と汗を散らしながらリィンが髪を振り乱す。淫靡な形に爪先が丸まり、彼女の内側がきゅっと収斂《しゅうれん》した。

「……っく」

ついさっきまで何も知らなかった身体が、早くも淫らに咲き誇ろうとしている。

早くちょうだいと強請《ねだ》るかのように、リィンの蜜襞が妖しく騒めいた。

「……っ、そんな風にして、僕の理性を試している？」

「わ、分からな……ぁ、あぅっ」

「本当に？　君のここは、とても健気に僕を搾り取ろうとしている」

「んぁあ……っ、やぁ……っ、あああッ」

彼女の下腹に手を置いて軽く圧迫すれば、リィンが喉を晒した。

腹の中に収められた肉槍の存在を、自分でも感じる。倒錯的な感触が掌から伝わり、殊の外興奮を掻き立てられた。

「押しては……駄目です……っ」

「どうして？　辛い？」

「気持ちよすぎるからぁ……っ」

きっと欠片でも彼女が理性を留めていれば、こんな物言いはするはずがない。恥ずかしがり屋で、媚を売れる性格ではなく饒舌《じょうぜつ》でもないのだから。

快楽に浮かされた今だからこそ、偽れず正直に本音を漏らしてしまったのだろう。そんなところも愛おしくて堪らない。

普段は言いたいことを内に秘めがちなリィンが、自分にだけ見せてくれた淫らで素直な姿がロレントの胸を掻き乱した。

「それならもっとしてあげる」

「ひぁっ」

濡れた音と共に、ぐちゃぐちゃに混ざり合う。彼女の内側を穿《うが》つ度に、リィンの嬌声が上がった。

愛しい人が顔を真っ赤にして身を捩る姿を、己の目に焼き付ける。きっと生涯、この日を忘れることはないと思う。度々思い起こし、愉悦に浸る自分が想像できた。

全て見逃したくなくて、瞬きする間すら惜しい。言葉では伝えきれない想いは、情熱を交わすことで告げた。

「ロレント様……っ、ぁ、あ、もう……っ」

涙を流しながら、彼女が限界を訴えた。嗜虐《しぎゃく》心をそそられる泣き顔に、自分も果てが近いことを悟る。甘い痺れは、今すぐにでも弾けそうなほど蓄積されていた。

「リィン……このまま君の中に子種を放ってもいい？」

最初からそのつもりだったくせに、ギリギリになって問いかける己の悪辣さには苦笑するしかない。それでも一応は彼女に聞くのが、妥協点だった。

本当は許しなど得ずに今すぐ孕ませてしまいたい。そうすれば、永遠にリィンは自分のものだ。去ってゆくのを心配する必要がなくなる。

——君がいずれこの国を離れようと考えていることは、気がついているよ。

迷惑であるはずがないのに、己を『厄介者』と定義し続けた癖が抜けないらしい。ランツ国王家の一員だと胸を張ってもいい立場なのに、そうできないところが彼女らしくもあった。

勿論、ロレントには自分のもとから離れることを許すつもりはない。リィンの意思を尊重すると言っても、限度はある。

だが無理やり強いたくはないから、彼女自身にロレントの傍にいると選択してほしくて、あれこれ手を打っていた。

こちらの言葉が聞こえているのかいないのか、リィンが反射的に頷いてくれる。けれどおそらく、正確に意味を把握できているとは思えなかった。

「愛しているよ……っ、リィン」

——分かっていても、僕は自分に都合よく解釈するし、全て利用する。

「……っ、ぁ、ァあああ……ッ」

彼女の蜜洞が収縮する。力強く締め付けられて、ロレントも悦楽の階段を駆け上がった。魂さえ蕩けそうな愉悦の中で、ようやく手に入れた宝物を腕の中に抱え込む。

同じ体温と心音が重なり、男は恍惚感《こうこつかん》に酔いしれた。

◇◇◇

最後の一枚を縫い上げて、リィンはホッと天井を仰いだ。

テーブルの上には、子ども用の下着が何枚も並んでいる。年齢や性別により複数枚ずつ。孤児院へ寄付するため、リィン自らが作成したものだった。

「微々たる数だけど、喜んでもらえるかしら？」

「ええ、勿論です。寄付はしても自ら奉仕してくださるご婦人は少ないですから、皆感激すると思います」

リィン付きの侍女が微笑みながら首肯した。

何もせずこのままランツ国王家の世話になるわけにはいかないとリィンが申し出たのは一週間前。役目を果たさず安穏とした生活を続けることに、そろそろ己自身が耐えられなくなってきたのだ。

そこで自分にできることなら何でもすると、ロレントに掛け合い、結果こうして孤児院への奉仕活動を任されるようになったのである。

彼曰く『これまで女性王族が足りず、慈善活動が充分だったとは言えない。リィンが担ってくれるなら、とても助かるよ』とのことだった。

期待され、仕事を任されるのはとても嬉しい。何だかこの国の一員になれた気もした。

他にもロレントはリィンに色々なことを教えてくれる。時には視察に同行させてくれることもあった。

市場や天然資源の採掘現場、工房見学に病院の視察まで。

急激に自分の世界が広がったことは間違いない。ずっと狭い世界しか見たことがなかったから、全てが新鮮だ。

この国の文化、歴史、民の暮らし、国民性。

どれもがリィンにとって興味深く、日々愛着が募ってゆく。『母が生まれ育った国』としか考えていなかったものが、今や『自分の始まりの場所』とすら感じられた。

——私もランツ国の役に立ちたい。

自然と心からそう思い、この数日間は張り切って、自信がある縫い物に勤《いそ》しんでいる次第だった。

「赤子のおむつや、もっと大きな子の服も縫いたいわ。王立の孤児院だけでなく、他の民間施設の分も作りたいし……」

「リィン様、いきなり全部こなそうとしては、お身体に負担がかかります。長く支援を続けるためにも、適度に休息を挟みましょう」

至極もっともな助言を受け、リィンは前のめりになっていた自分を諌めた。

初めて期待され任された仕事なので、気持ちがどうしても先走ってしまう。空回りしかけているのは、針を持つ指先が若干赤くなっていることからも確かだった。

「……そうね。疲れて注意力がなくなり怪我をしては、結局思うような成果を出せなくなるものね」

「その通りでございます。本日はこれくらいになさって、お茶にしてはいかがでしょうか？」

さっと茶器と菓子の準備を整える侍女は、とても優秀だ。

自分への気遣いが伝わってきて、リィンは素直に頷いた。

「ありがとう。そうするわ。とても美味しそうね。お茶の香りも素晴らしいわ」

優雅にティータイムを楽しむなんて、数か月前までの自分には考えられなかった。

日当たりのいい部屋で、座り心地のいい椅子に腰かけ、大勢の侍女に傅《かしず》かれていることも、夢なのではないかと今でも思う。それでもこの国へ来た当初より少しだけ、慣れてきている。

何もかもが激変した。現状はリィンにとって楽園に等しい。今ではアガラン国での日々の方が、悪い夢だったのではないかと訝るほどだ。

しかしだからこそ、近頃つい過去に思いを馳せる時間が増えていた。

――ばあやは元気かしら……アガラン国は何か変わったのかしら……

あの国を脱出してしばらくは己の環境の変化についてゆくのが精一杯で、じっくりと考える余裕はなかった。父やコレットに関して思い出すのが辛かったせいもある。

ばあやについても、リィンと離れた方が彼女の身の安全は守られる上、きっと元気にしてくれていると信じていた。

今頃は家族と静かに暮らしているはずだ。あのまま自分の傍にいた方が、命の危険は多かったに違いない。

襲撃者がばあやまで殺《あや》めるつもりであったなら、リィンが修道院に送られる際に同行させ、共に殺されていたに決まっていた。

――私に親切にしてくれたティリスたちも、今は出世が望める任務につけているといいけれど……――お父様はお身体を壊してはいらっしゃらないかしら……？

季節の変わり目に度々寝込んでいた父を思い出す。

娘の命を狙う人であっても、完全に憎むのは難しかった。自分は随分甘いのかもしれない。

それでも、実父であると思えばこそ、情を捨てきることは簡単ではなかった。

――私には玉座を狙う野心など微塵もなかったのに……コレット王妃様は最後まで信じてくださらなかった。

前王妃の娘がよほど脅威だったのか、彼女は異常なほどリィンを排除しようとしていた。

だからこの年まで生き長らえたのは、ある意味恵まれていたのだと思う。

――私の望みは、全ての人が穏やかに暮らせること。だとしたら今の状況は、夢が叶ったとも言えるのかもしれない。私が消えることでアガラン国に平穏がもたらされたとしたら、何だか皮肉ね……

存在を望まれないにもほどがある。自身の妄想に少なからず傷つき、ティーカップを持つリィンの手が思わず止まった。

「――おや、休憩していたのか？　丁度いい時に顔を出したようだ」

「ロレント様」

その時、ロレントが笑顔で入室してきた。侍女は恭しく頭を下げ、速やかに彼の席を整える。

ロレントがリィンの向かいの椅子に座り、長い脚を組んだ。そんな仕草も、見惚《みと》れるほど美しかった。

「どうなさったのですか？　こんな時間にいらっしゃるなんて、珍しいですね」

最近特に忙しい彼と、昼間は食事以外で共に過ごすことは滅多にない。それこそ視察に同行するか、ロレントが短い時間を捻出してくれた時くらいだ。

リィンの部屋に彼がふらりと現れるのは、非常に稀《まれ》だった。

「何故か急に君の顔を見たくて堪らなくなった。――邪魔をした？」

沢山積まれた子ども用の下着を見て、リィンが何をしていたか察したのだろう。彼が片眉を上げ問いかけてくる。答えは当然「いいえ」だ。

「ロレント様でしたら、いつでも大歓迎です。一緒に過ごせるなんて、とても嬉しいです」

嘘でも誇張でもなく、リィンは素直に告げた。先刻抱いた侘《わび》しさが、瞬く間に癒えてゆく。

まるで彼が自分の心情を察し、会いに来てくれたみたいだと甘い夢想で心が温もった。

ただの偶然に過ぎなくても、思いが通じた心地がしたのだ。それが嬉しくて自然と頬が綻ぶ。

すると彼は軽く目を見張り、さりげなく横を向いた。

「……全く……こういうところが可愛過ぎて困るんだ」

「え？　何かおっしゃいましたか？」

「いや、独り言だ。気にしないでくれ」

よく分からないけれど、ロレントがそう言うのなら、詮索する気はない。

リィンは釈然としないものを抱えつつ、小首を傾げた。

「政務はお忙しいですか？」

「ああ。相変わらずだな。それに来週宴を開く予定だから、立て込んでいるんだ」

「まぁ……それでいつも以上にロレント様は多忙なのですね」

自分も何か手伝えたら……と思ったが、流石にそれは出しゃばり過ぎだと思い直した。

あくまでもリィンは『客人』だ。いくら母がランツ国出身であっても、自分は所詮アガラン国の人間。それも今やかの国では『いない者』と見做されている。

つまりどこにも帰属できないあやふやな存在だった。

そんな女が王家主催の宴でできることは何もない。それこそ出自のしっかりした紛れもない王族の女性がすべきことだからだ。孤児院への奉仕とはわけが違う。

現在リィンの身分はとても曖昧なものだ。もしエリナ公女の娘として公表されれば、アガラン国に自分が生きていることが伝わってしまう。

そうなったとしたら、両国の火種になるのは避けられなかった。

「……では束の間の休息を取ってくださいませ」

笑みを浮かべたロレントが、優雅な所作でティーカップを口に運ぶ。その姿に見惚れつつ、リィンはひっそり嘆息した。

「ありがとう」

――ロレント様はお優しい。私を恋人として扱ってくださる。でもそれは全てロレント様のお心ひとつで成り立っているもの。いつか彼の気持ちが離れれば……

考えたくはない。だがいずれ訪れるかもしれない『もしも』について覚悟はしておく必要があった。この幸運が永遠には続かないとリィンは心のどこかで思っている。

幸せはいつも、唐突に壊れてしまうものだからだ。

――その時が来たら、みっともなく取り乱さないようにしなくては――

「リィンも英気を養って宴に備えてくれ。当日は朝から身支度で大忙しになる」

「……え？　私も出席するのですか？」

考えもしなかったことを告げられ、リィンは目を丸くした。

正直、自分には無関係だと思い込んでいたし、仮に呼ばれたとしても会場の片隅でひっそり過ごすと考えていた。

「ああ。ある意味君が主役だ。もっとも仮面舞踏会だから、挨拶や社交に気負う必要はない。楽しんでくれたらそれでいい」

「ええ？」

仮面舞踏会に限らず大きな宴など、リィンは経験したこともない。そこに自分が呼ばれる意図が分からず、双眸を激しく瞬いた。

「ですが……私がそんな場所に顔を出すのは……」

「顔は出さない。何せ仮面を着け仮装している。全員普段の自分とは違う格好をして、仮に相手が誰か分かっても、指摘しないのが暗黙の了解だ」

「だとしても、私にその権利はないと思います。必要も――」

リィンの準備にかかる手間や金額を考えて、尻込みしてしまう。仮装をするのなら、手持ちのドレスでは事足りないだろう。自分に対し、余計な出費はしてほしくなかった。

だがロレントはにこやかに首を横に振る。

「必要ならある。以前君に贈ったサファイアのネックレスとイヤリング、まだ一度も身に着けてくれないじゃないか」

「それは、あんなに高価な品を着けて行く場所がないからです」

日常使いなど到底無理な逸品だ。何せ国宝級である。本当なら城の宝物庫に納めてほしいところを、渋々リィンの手元に置いている状況だった。

「だから君のために『場所』を用意したんだ。これで心置きなく身に着けられるだろう？」

「……え」

これまでになく低い『え』が漏れてしまった。

思わず胡乱《うろん》な瞳で彼を見れば、ロレントが満面の輝く笑顔で打ち返してくる。

「人前に出るのが苦手な君に無理を強いたくもないから、仮面舞踏会を企画した。これなら目立つことはなくリィンが着飾って装飾品を身に着ける理由ができる」

違う。気遣ってほしいのは、そういうことじゃない。

しかしリィンが瞳を潤ませて曖昧に首を振るのをどう解釈したのか、彼はますます笑みを深めた。

「楽しみだな……君がどんな仮装をするのか考えるだけでワクワクする。どうせなら僕と繋がりがあるものにしないか？　まるきりお揃いだとわざとらしいから、さりげなく関連がある衣装だと嬉しいな。物語の中で結ばれる二人や、同じ動物を模したものも面白いかもしれない。待てよ、対をなす創世神話の神々でも――」

「あ、あ、あの、ロレント様……っ」

「考えてみたらあと一週間しかない。準備を急がないとならないな」

「待って、待ってください」

いそいそと立ちあがった彼にはリィンの言葉が聞こえていないのか、はたまた華麗に無視しているのか、引き留めようとする手をするりと躱《かわ》された。

「ああ、もうこんな時間か。残念だが政務に戻らなければならない。衣装に関しては今夜にでも相談しよう」

「いいえ、そうではなく……っ、私は宴に出るつもりがありません……！」

「楽しいティータイムをありがとう、リィン」

会話になっているようで、成立していない。しかしちゃっかりキスは忘れず、ロレントはリィンの額に口づけていった。

「それじゃ、今夜」

「……っ！」

そこに含まれた意味が、額面通り『衣装に関しての相談』だけではないことは分かっている。一度肌を重ねて以来、もう何度も二人は関係を持っていたからだ。おそらく侍女らも気づいているに違いなかった。

しかし優秀な彼女たちは余計なことに口出しをしてこない。今も、見て見ぬ振りを貫いている。何事もなかったかのようにロレントが使った茶器を片付け、リィンにお代わりを注いでくれた。だが。

「リィン様がいらっしゃってから、初めてのパーティーでございますね。これは腕によりをかけて準備させていただきます」

――えっ、皆気にならないの？　自国の王太子が、不安定な立ち位置の女と親密にしているのに……っ？

グッと拳を握り締め、侍女はやる気に満ちている。リィンにはそんな彼女の顔を見る勇気がとても持てなかった。

第五章　真実を求めて

流石は王家主催の催しだと、称賛せずにはいられない煌びやかなパーティーが開催された。

とは言え、仮装を前提としているため、表向きは無礼講だ。

仮に相手が誰なのか分かっても、口にしないことが最低限の礼儀。肩書きで声をかけるのは無粋とされる。そこで今夜ばかりは身分の上下に関係なく、砕けた空気が漂っていた。

舞踏会の会場となったのは王族専用のオペラハウス。高い天井には精緻な模様が描かれており、巨大なシャンデリアは眩い光を投げかけ、その下で談笑に興じる人々を照らしている。どこか幻想的な光は、参加者の素性を尚更曖昧にした。

「リィン、楽しんでいるかい？」

「ロレント様」

しかし今日の衣装に関して事前に相談し示し合わせている二人には、『正体は不明』などないも同然だった。

実際、どう見ても『お揃い』の格好だ。ランツ国の伝承に登場する『始まりの男女』を想起させる服を互いに着ていた。ちなみに仮面は丸きり同じものである。これでは他人だと思う人などいるはずもなかった。

結果、リィンに話しかけてくる人間は今のところ皆無だ。

「え、ええ……料理もお酒も美味しいですし、こういう場は初めてなので、見ているだけで楽しいです」

壁際にはソファーが幾つも置かれ、それぞれ天蓋に似た布で区切られ休憩できるようになっている。空いていれば誰でも休んでいい仕様だ。

ただし先に使用している者がいれば、覗き込んだりしないのが礼儀。

その一つにリィンとロレントは並んで座っていた。

――ロレント様がずっと隣にいらっしゃるからかもしれないけれど……この会場に来て以来、私は本当に別の方と喋っていない……！

先ほどから彼に話しかけたそうな人影はチラホラ垣間見えていた。だがロレントは一瞥《いちべつ》もくれない。ひたすらリィンのために飲み物を持って来させたり、ダンスに誘ったりと甲斐甲斐《かいがい》しく世話をしてくれている。もっと彼自身楽しんでくれればいいのにと、思うほどだ。

――でももし一人にされて、私が見知らぬ方に話しかけられたら、困ってしまうけれど……

付け焼刃ではあるものの、主要な貴族の名前や爵位など最低限の知識は頭に叩《たた》き込《こ》んである。万が一話しかけられた際に、狼狽えないようにするためだ。

リィンが失敗すれば、ロレントの名に傷をつけかねない。巡り巡って母の名誉にも関わる可能性があった。

自分一人、常識がなく物を知らないと嘲られるだけならまだいい。だがそう簡単な話ではないだろう。

リィンは気を引き締めると、ぐっと背筋を伸ばした。

「そんなに気負わなくていいのに。お腹《なか》は空いている？　何か摘まめるものを持ってこさせようか？」

「大丈夫です。ロレント様こそ、私に付きっ切りで平気ですか？」

「何も問題ない。だいたい今夜は全て君のための催しだ。もう一曲踊ってくれるかい？」

「よ、喜んで」

差し出された彼の手に己の手を重ねる。

あまりダンスは得意ではないけれど、ロレントの巧みなリードに合わせて踊るのは、とても楽しかった。その高揚感を思い出し、リィンは微笑んで立ちあがる。

ホールに進み出れば、自然と人が開けていった。

「よろしくお願いします」

「こちらこそ」

互いに手を握り合い、音楽に合わせステップを踏むと、人々の視線が集まるのが感じられた。

やはり、間違いなく注目されている。

だが逸れかけたリィンの意識は、大輪の花もかくやな彼の笑顔に引き戻された。

「――そのサファイア、本当によく似合っているよ。君以上にこの青が似合う人間が、他にいるはずがない」

リィンの胸元と耳朶には、以前彼が贈ってくれた青い石が輝いていた。身を翻す度にキラキラとイヤリングが揺れる。大粒の宝石が眩い光を反射して、周囲の人の感嘆の溜め息《たいき》が聞こえてくるようだった。

そもそもロレント曰く、これをリィンに着けさせるため今夜のパーティーを開いたと言うのだから、驚きである。

――冗談……だと思いたいけれど、たぶん本気でいらっしゃるわ……

衣装にしても、サファイアがより映え、違和感なく着けられるかどうかを基準に選ばれた気がする。

古典的なゆったりとした白いドレスは身体の線を適度に隠してくれ、何よりもネックレスとイヤリングを引き立てていた。

「ありがとうございます。ですが何度もおっしゃっていただくと、逆に恥ずかしいです。それに顔を隠してしまったのに、似合うかどうか分かるのですか？」

非日常の華やかな場で、リィンの気持ちが高揚していたのか、やや砕けた気分になる。

手放しの称賛をし続ける彼に、ほんの少しだけ皮肉を言ってみたくなった。

それはもしかしたら、今夜の仮装のせいかもしれない。『始まりの男女』の女は、自ら道を切り開く勇ましい女性であったそうだ。

ランツ国の伝承に関する本を読んでいたリィンは、そのことを覚えていた。

故に、いつもならあり得ない発言をしたくなったのかもしれない。

「おや？　言い返してくるなんて珍しいね」

「ロレント様が私を甘やかしてばかりいらっしゃるからです。過度に褒められ続けていると、段々真実味が薄れてしまうのですよ」

「それは困った。僕が君に贈る称賛は、どれも心からの本心なのに。信じてもらえないと、一大事だ」

彼がクスクスと笑いながら、リィンの頬へ口づけた。

仮面を着けているので真っ赤になっても誰にも気づかれないが、人前で堂々とキスをされるのはどうにも慣れない。

ここには侍女だけでなく、ランツ国を支える主要な貴族たちも集まっているのだ。

誰も明言こそしないものの、ロレントの正体はとっくに勘づかれているに違いない。興味津々な視線がより集中し人々が騒めくのを感じて、リィンは慌てて彼を諫めた。

「いけません。人が見ています……っ」

「誰も見ていないし、見られていても構わない」

「わ、私が構うのです」

噂になれば、あの女は誰だと騒ぎになりかねないではないか。その中には、リィンの存在を快く思わない者だっているはずだ。

——アガラン国と繋がりを持っている人も……用心に越したことはないわ。

リィンの存在は、未だ公式発表はされていない。

だが最近王太子が一人の女性を寵愛している話は、既に広まりつつあった。何せ視察に同行させているのだから、当然である。

あの女性は誰だと、水面下では様々な憶測が飛んでいるらしい。

今夜のパーティーでも人々が殊更リィンの正体について気にしているのは明らかだった。ただ仮面舞踏会という特性上、面と向かって問い詰めることができないのだ。

——高位の貴族ほど体面を気にする。下手に詮索して、礼儀を知らないと嘲られたくはないはずだもの。

そう考えると、今夜の催しはまさにリィンのために開かれたと言えるのだろう。

言ってみれば、非公式かつ消極的なお披露目だ。そして緊張はするけれど、華やかな宴はやはり心が躍る。綺麗なドレスを身に着けられることも、嬉しかった。

侍女たちが腕によりをかけてと宣言してくれた通り、今夜の自分は人生で一番美しく仕上げてもらっているかもしれない。

仮面で顔の半分が隠されているのは残念だが、鏡に映る自身の姿を見て、励まされた心地がした。己に自信を持つことは、リィンの想像以上に活力を得られることのようだ。擦りきれていた自尊心が回復するのを感じた。

煌びやかな会場に上質の音楽、目を楽しませてくれる仮装の数々。美味しい食事と酒。どれもがリィンにとって初めての体験だった。

ダンスだって、注目を浴びるのは戸惑ったけれど、ロレントと共に踊るのは最高にドキドキする。彼は経験の乏しいリィンを見事に導いてくれ、身体を動かす面白さを教えてくれた上に、周囲に対しては『大切な人』がいると宣伝したも同然だった。

それら全てがリィンのため。

――こんな風にワクワクするのは初めてかもしれない……ロレント様に感謝だわ。

音楽の終わりと共に向かい合って礼をして、リィンの手は無意識に胸元のネックレスを探った。

彼の瞳と同じ色のサファイア。自分には荷が重いと思ったが、今夜は力を授けてくれている気がした。とても温かく、自信が湧く。愛されていると実感でき、心に芯が通った気分だった。

「――リィン、静かな場所で二人きりになりたい」

不意にロレントから耳元で囁かれ、頬に熱が集まった。

その意味は、また壁際のソファーで休憩しようということではないだろう。声が孕んでいた誘惑の色からも、込められた真意は明らかだった。

「ロレント様が途中退席するわけにはいかないのではありませんか……っ」

「そんなことはない。王族主催でも僕らが終わりまで会場に留まることは稀だよ。それに今夜は、誰がどんな立場の人間か詮索しないのが決まりだ。今の僕は『始まりの男』の仮装をした者でしかない」

だから問題ないと言われ、うなじを擽られては、首を横に振る気にはなれなかった。

リィン自身、そろそろ彼と二人きりになりたいと思っていたためだ。

体内が甘く火照る。心音が速度を増してゆく。

淫らな期待がリィンの瞳を潤ませ、仮面越しの視線が絡めば、頷いたのも同然だった。

「行こう、リィン」

ロレントに手を引かれ、賑《にぎ》わう会場を後にする。

賓客用に準備された一室に二人で滑り込めば、どちらからともなく固く抱き合っていた。

「今夜の君は魅力的過ぎて、我慢するのが大変だった。やっぱり愛する人を飾り立てると、脱がせたくなるものなんだな」

「は、恥ずかしいことを言わないでください……っ」

卑猥な発言に上気して抗議すれば、鼻を擦り合わせることでごまかされた。

「ここまで紳士的に振る舞えた僕を、褒めてほしいな」

「ロレント様」

満面の笑みでリィンの胸へ顔を埋めてくる姿は、さながら懐《なつ》いている大型犬だ。幻の尻尾がブンブンと振られているのが見えた。

――こんなに見目麗しい犬がいるはずもないけど……可愛い……

頼り甲斐のある大人の男性然とした彼も大好きだが、こんな甘えた姿もリィンの胸を高鳴らせた。

ついロレントの頭を撫でてやると、彼はますます嬉しそうにリィンの腰を抱きしめてくる。しかもそのまま抱え上げられ、思わず驚愕の声を上げた。

「きゃ……っ」

「暴れちゃ駄目だよ、リィン。お姫様をベッドまで運ぶ栄誉を、僕に与えてくれ」

実際には、休憩用のこの部屋にベッドは置かれていない。大きなソファーがあるだけだ。

だが恭しくそこへ下ろされて、リィンは熟れた頬のままロレントを見上げた。

「何度も踊ったから、疲れただろう？　脚は痛くない？」

「へ、平気、です」

踵の高い靴は美しいが、その分身体に負担もかかる。本当は爪先や踵に痛みがあったものの、心配をかけたくなくてリィンは反射的に嘘を吐いた。

「リィンは我慢強いね。こんなに赤くなっていたら、かなり辛かったと思うのに」

「あ……っ」

傍らに膝をついたロレントに靴を脱がされ、リィンは狼狽した。

ふくらはぎと足首には、彼の手が添えられている。こんなに明るい場所でドレスを捲《めく》られた驚きにより、反応が遅れてしまった。

「傷になってはいないようで、安心した」

「だ、大丈夫です。あの、靴を返してくださ……」

「反対側も脱がせてあげる」

「や……っ」

編み上げのリボンを解かれて、ロレントの指先が肌を掠めた。

これまで何度も身体のあちこちには触れられているし、見られてもいる。むしろリィンの肉体で彼が知らない場所はおそらくない。

それでも、ここが寝室ではないことや普段とは違う格好をしていること、明るい室内であることがリィンの羞恥を掻き立てた。

「あの……っ、ロレント様……」

「唇へキスをするには、仮面が邪魔だね」

言うなり、彼が素早くリィンの仮面を奪った。ロレントも自らの仮面を外し、秀麗な素顔を惜しげもなく晒している。

　赤面する己の顔を隠してくれるものがなくなると、尚更恥ずかしくて堪らない。泳ぐ視線や汗ばむ額も丸見えで、より照れが募ってしまった。

「――うん。やっぱりとても似合っている」

「……あッ……」

　口づけは、官能的で甘かった。

　互いに舌を伸ばして絡め合い、わざと音を立てて小刻みなキスを繰り返す。次第に深く唇を結び、抱き合ったままソファーの上で折り重なった。

　白いドレスの裾をたくし上げられ、リィンの肌が露になる。彼の指が圧を加えながら太腿を上ってきて、それだけで息が乱れた。

「ん……っ」

　今頃会場では大勢の人が談笑し、ダンスや料理を楽しんでいるはずだ。そのすぐ傍で自分たちはこんな淫らな遊戯に耽っているなんて、背徳感でどうにかなってしまいそうだった。

　けれど、もう止められない。止めたくない。

　息を弾ませ口づければ、得も言われぬ恍惚感で全身が痺れた。

「ロレント……様……っ」

　彼の手が妖しく蠢いて、リィンの脚の付け根へ到達した。そこは既に熱く潤んでいる。

湿った下着に触れられた気恥ずかしさで強く目を閉じれば、ロレントが瞼に柔らかなキスをしてくれた。

「嬉しいな。リィンが僕を求めてくれて」

「……ぁ、ん……っ」

殊更ゆっくりと下着を下ろされ、両脚を滑る布のもどかしい感触に愉悦が煽られた。

見られているのを意識する。彼の視線が今どこに向けられているのか、確認しなくても如実に伝わってきた。

綻び始めた花弁に、熱い眼差しが注がれている。その事実が一層リィンの欲望を刺激した。

「や……明かりを消してください……っ」

「鍵をかけ暗くしていたら、余計に中でいかがわしいことをしていると、宣言しているようなものだ」

「そんなこと……っ」

詭弁だと頭では分かっている。外から室内の明かりの有無はハッキリ分からないだろうし、仮に消灯していると誰かが気づいても、ゆっくり休みたいだけと考えるに決まっていた。

けれど反論しようにも、リィンは内腿に口づけられた焦りと心地よさで、頭が上手く働かなくなってしまう。

片脚を取られ、いやらしく開かれれば、たちまち何も言葉が出てこなくなった。

「可愛いな」

痛みがあったはずの踵や爪先もむず痒い愉悦に取って代わった。

心臓が打ち鳴らされる度に、ふわふわとした眩暈も大きくなる。か細く吐き出した吐息は、明らかに媚びた音になっていた。

チクッと内腿に走る刺激は、赤い痕を残されているからだろう。時折悪戯に歯を立てられて、倒錯感が込み上げた。悪いことをしているかのような錯覚が、奇妙な悦楽を生み出す。

腹の奥には熱が凝り、発散される瞬間を待ち望んでいた。

「あ、あの……このままではドレスが汚れてしまいます……」

既に蜜口からは生温い滴が滴り落ちそうになっている。そんなことを自己申告するのは、猛烈に気恥ずかしい。リィンは自らの顔を手で覆い隠しながら、か細い声で訴えた。

「とても似合っているから、全部脱がしてしまうのは惜しいな……――ああ、いいことを思いついた」

「いいこと……？」

指の隙間から、ロレントが微笑むのが見える。

しかし何故だろう。一向に安心できない。

それは彼の笑顔がどこか嗜虐的な色を孕んでいたからかもしれなかった。

「ロレント様……？　ひゃ……っ！」

白い衣装は一部の留め具を外すと容易に着脱できるようになっている。当然それを承知している彼の手でドレスは剥《は》ぎ取られ、汚れたり皺になったりする心配からは解放された。

だが、サファイアの装飾品はそのまま残されている。

「イヤリングは外しておいた方がいいかな？　万が一君が怪我でもしたら大変だし……」

「え、あの、ネックレスも壊れては大変なので――」

「それは、そのままで」

「はい？」

いくら金属の鎖で編まれていても、必要以上の力が加われば千切れてしまう。そもそもとても繊細な作りなので、ふとした拍子にどうなるのか分かったものではなかった。

「ロレント様、こんな高価なものが壊れたらどうなさるのですか」

「修理するか、新たに作ればいい」

「馬鹿なことをおっしゃらないでください！」

国宝級を何だと思っている。サファイアにしても、絶対に傷がつかないわけではないのだ。

しかしリィンの焦りをものともせず、彼は嫣然と微笑んだ。

「それなら、君が暴れずにいてくれたら、問題ない」

「そういう問題では……」

「ほら、じっとしていて」

リィンの耳朶からイヤリングが外され、いよいよ身に着けているものがネックレスだけになった。

素肌に青い優美な首飾りのみ。

全裸よりも淫靡に感じられるのが不思議だ。何とも居た堪れない心地で視線を揺らす。

しかしリィンの視界に映るのはロレントだけ。実に満足げな彼は、鎖に沿ってリィンの鎖骨付近を撫でてきた。

「……っん」

「君が大人しくしてくれていたら、ネックレスは壊れたりしない」

「は、外してくださったら、何の心配もありません……っ」

「それは駄目だ。『僕の色』だけを纏った君が、乱れるところが見てみたい」

あまりにも淫猥な口説き文句に全身が熱くなった。特に顔は、火を噴かないのが不思議なほど。体内は今にも溶け崩れてしまいそう。

動揺のあまりリィンが空気を食んでいると、彼が剥き出しの乳房に手を這わせてきた。

「……ぁっ」

掌全体で乳房を包み込まれると、柔肉が淫らに形を変える。食い込む指の感触が生々しく、視覚からも喜悦が湧いた。

ロレントの指の狭間から頂が覗き、赤くそそり立っている。

リィンの視線を引き付けた彼が舌で弄び、乳嘴はますます硬く芯を持った。

「ん……んん……っ」

ゾワゾワする。間断なく快感が背筋を伝う。

ベッドよりも狭いソファーの上では思う存分動けず、上に逃げることもままならなかった。

不自由な狭さの中で、ロレントにされるがまま、好きなように翻弄される。

少しでも身を捩ったり四肢を戦慄《わなな》かせたりすれば、より一層強く吸われ甘噛みされた。しかもそれが気持ちいいから厄介だ。

もう片方の乳首は二本の指で扱かれ、どんどん敏感さを増してゆく。

ふ、と息を吹きかけられるだけでも声が漏れ出るほど鋭敏になった。

「は……ぁ、ん……っ」

汗で肌に張り付くネックレスについてリィンが心配できたのはこの辺りまで。

あとはもう、与えられる快楽に呑まれ、余計なことを考える余裕は駆逐された。

「……ぁ、あっ」

「リィン、他のことは考えないで。僕のことだけ見ていればいい」

待ち望んだ陰唇に触れられる頃には、リィンの理性はドロドロに溶かされていた。

慎ましさを失くした淫芽が愛でられる時を今か今かと待ち望んでいる。

蜜液を纏った指先に探られると、凶悪な愉悦が一気に駆け巡った。

「……っぁああ……ッ」

爪先が丸まって、ソファーの座面を擦る。クチュリと濡れた音が耳に届き、鼓膜からも興奮が膨らんだ。

淫路を探る指は初めから二本。難なく呑み込めてしまう自分が少し怖い。

初めはあんなにも無垢だったのに、今ではロレントに求められていると感じるだけで、身体の準備が始まってしまう。いつからこれほど淫らな女になってしまったのか。

しかもそんな自分を心底厭《いと》うこともできないのが、真実だった。

「……ぁ、は……っ、ロレント様……っ」

「リィン、中がとても熱くうねっているのが、分かる？」

「やぁ……っ、分からな……ぁ、あああッ」

弱い場所をグリグリと弄られて、最後まで言い切ることはできなかった。

リィンの奥から新たな愛蜜が溢れ出る。はしたなく濡れそぼった花弁がヒクついてどうしようもない。早くちょうだいと強請っているのも同然だった。

「あ……ぁ、はうっ」

チカチカと光が明滅する。今にも達してしまいそうになり、リィンは首を横に振った。

「どうしたの？　あまりよくない？」

「ち、違います……そうじゃなくて――」

指でなく、ロレント自身でイかせてほしい。

そんな淫乱な言葉を言えるはずもなく口ごもる。

だがこのまま押し上げられるよりも、一緒に達したい。その願望の方が、羞恥心よりもずっと大きかった。

——だけどそんな恥ずかしいこと……口にする勇気がない……

眼差しに精一杯の誘惑をのせ、見つめるのがリィンにできる精一杯。

これで伝わらなければ、他に方法は思いつかなかった。

「……リィンは案外策士だね。そんな風に見つめられたら、僕は従わざるを得ないよ？」

しかし拙い誘惑はきちんと通じたらしい。

ロレントが思わせ振りに瞳を眇《すが》める。その双眸の奥にはギラギラとした欲望が湛《たた》えられていた。

「全て、愛しい姫君の仰せの通りに」

額同士を密着させ、誓いをたてる口調で宣言された。

至近距離で見つめる彼の姿は滲んでいる。けれど紛れもない渇望が、ハッキリと見て取れた。

「あ……っ」

硬く張った肉槍の先端で、肉のあわいを撫でられる。

溢れる蜜液を纏った楔がにちゃにちゃと淫音を奏で、媚肉を撫で摩った。

時折剛直のくびれが花芯に引っかかり、絶大な喜悦を産む。弾かれ、押し潰された肉粒が、どんどん膨れて赤く腫れていった。

「ぁあ……あんっ」

両足を抱え直され、大きく開いた淫らな姿勢を強要される。冷静さが欠片でも残っていれば、とても許容できないもの。けれど快楽に染まったリィンでは、拒む発想も浮かばなかった。

ずりゅずりゅと陰唇をロレントの怒張が前後する。まだ内側には入って来ない。それでもめくるめく官能に嬌声を抑えることはできなかった。

「ふ……ぁっ、アあああ……」

腰が不随意に戦慄《わなな》く。勝手に尻が浮き上がって、貪欲に快楽を求めていた。しとどに濡れた蜜口が、先ほどからヒクついてやまない。蜜窟までが収縮し、早く虚《うつ》ろを埋めてと懇願していた。

「リィン、僕がほしい?」

「あぅ……っ、ほ、ほしい……ッ」

これ以上焦らされたら、おかしくなってしまいそう。

大きく上下する乳房が彼の胸板で擦れ、そんな刺激すら堪らない喜悦を産む。もはや空気の流れからも官能を拾い、リィンは貞節をかなぐり捨てた。

「ロレント様をください……っ」

「……っ、いいよ、いくらでもあげる。だけど君の全部も、僕がもらうよ」

「ぁ……っ、ぁああッ」

欲していた逞しい楔で貫かれ、一瞬意識が飛んだ。

全身が快楽物質で埋め尽くされる。涙が滲み、眦を伝い落ちた。

上体を倒した彼が覆い被さってきて、結合が深くなる。腹の一番奥まで支配され、リィンは全身を戦慄かせた。

「……っ、かは……っ」

息をする振動すら快楽の糧になる。

僅かな身じろぎ一つで達してしまいそうになり、深呼吸もできやしない。

愉悦を逃せないまま始まった律動で、リィンはたちまち限界へ押し上げられた。

「あッ……待って……ッ、待って下さ……っ、ぁ、あんッ」

ガクガクと視界が激しく上下に揺れる。下手に話せば舌を噛んでしまいそう。それほど初めから荒々しく揺さ振られた。

情熱的に穿たれて、涙と汗が散る。浅い部分を擦られるのも、最奥を突き上げられるのも気持ちがいい。勿論花芽を扱かれると、より法悦は絶大なものになった。

爛れた蜜壁が貪欲に蠢く。男の屹立を舐めしゃぶり、抱きしめて味わい尽くす。

いつしかリィン自身も腰を振り、ふしだらな快楽を追っていた。

「ひぁッ、あ、ああ……そこ、駄目……っ」

「もっと？　じゃあこうした方が、気持ちがいい？」

「ひぃ……ッ」

唐突に抱き起され、リィンは座ったロレントと向かい合って繋がる体勢に変わった。横たわっている時よりも自重が加わる分、一層深いところまで彼が到達している。内臓を押し上げられる衝撃に声も出ない。

目を閉じることもできず瞠目していると、ロレントが腰を前後に蠢かし、局部を擦り合わせてきた。

「やぁあ……ッ、おかしくなる……っ」

気持ちがいいなんて単純な言葉では言い表しきれない。凶悪な快楽に魂まで食らい尽くされそうだった。

閉じられなくなった口の端からは、唾液が伝い落ちる。

涙や汗でぐちゃぐちゃになった顔は、見るに堪えないものだろう。しかし彼は、うっとりとした眼差しをリィンに注いできた。

「おかしくなっていいよ。むしろなってほしい。もっと全部、僕だけに溺れてくれ」

「ぁ……あ、動かないでぇ……っ、ひ、ぁあッ」

小刻みな突き上げで、身体中が震えた。

ロレントの下生えにリィンの蕾が擦られる。指や舌ともまた別ものの刺激に艶声が迸った。たわわに揺れる乳房を揉まれ、尻を鷲掴みにされる。触れ合う場所の全てが性感帯に変わった。

何をされても快感でしかなく、終わらない恍惚に溺れてしまう。涙目を瞬けば、深く口づけされた。ただでさえ呼吸する間もないのに、唇を塞がれるととても苦しい。それでもキスをやめたくはない。リィンが舌を差し出すと、力強く彼に貪られた。

「は……っ」

上も下も粘着質な水音を奏でて混じり合い、互いの体液を交換した。

同じ体温になった身体が重なって、境目が曖昧になる。夢中で身体を揺さ振れば、一つになれた錯覚を得られた。

「あ……っ、ぁああ……ッ」

「リィン……っ」

ロレントの剛直が質量を増し、硬く反り返る。リィンの蜜窟が隈《くま》なく搾り上げられ、直後に収斂した。

「……っ」

達した嬌声は、彼の口内へ吸い込まれた。

口づけで塞がれた唇からくぐもった声が漏れる。ビクビクと跳ねるリィンの身体はロレントに抱きしめられ、腹の中を抉られた。最奥で熱い飛沫《しぶき》が迸る。

粘度のある熱液に内側を濡らされ、リィンはもう一段快楽の階を上った。

「……ん、んん……っ」

「リィン、愛している……っ」

苦しくて、気持ちがいい。

息苦しさは確かにある。だが圧倒的に後者が勝っていた。

腹を満たす熱液がリィンを内側から塗り替えてゆく。深く愛されている実感が広がり、朧気《おぼろげ》だった己の輪郭が固まった心地がした。

不安定なリィンの立ち位置。だが大事なのは自分がどうしたいかだ。

リィンの胸元でサファイアのネックレスが揺れる。汗で張り付いていた飾り部分が、呼吸と共に上下していた。

——……ロレント様の色……

大丈夫だよと背中を押されている感覚がある。今なら、勇気を出せるのではないか。

このところ、ずっと心に引っかかっていたこと。あまり考えまいとしても、完全には忘れられなかった悩み。

目を逸らし続けても、問題が消えてなくなるわけではなかった。

——お父様は何故、お母様と私をあんなにも疎まれたのだろう……

単純にコレットへ寵愛が移っただけと言われればそれまでだが、だとしてもあまりにも冷淡すぎる。母を廃妃に追いやるだけでなく、名誉を傷つけ処刑まで命じたのだ。

一度は正式な夫婦になったのに、裏切りにしては残忍過ぎた。そのせいでリィンも立ち止まったまま動けずにいる。

——物心ついた頃には、お父様は私たちを遠ざけていた。でもよく考えたら、コレット様が側妃になる前にはもう、お母様との仲が冷えていたような……

幼い頃のことははっきりと覚えていない。だがリィンの一番古い記憶では、そこまで酷くなかった気もする。だとしたら、別のきっかけがあったのか。

チラリと脳裏に何かが過る。それを思い出そうとすると、リィンの頭に痛みが走った。


『忌まわしい子どもめ。お前は私を責めるために生まれたのか』


聞こえたのはおそらく父の声。だが手繰り寄せようとすると、たちまち音も映像も霧散してしまった。あとはどれだけ考えても、もはや欠片すら掴めなくなる。

——今のは私の過去の記憶……？　だけどあんなことを言われたことなんて……

考えても全く分からない。それなら、今悩むべき優先順位は別のことだ。どうしたら愛しいロレントの傍にこれから先もいられるのか。

リィンは緩く頭を振り、ぼんやりとした残像を掻き消した。

――『何者でもない私』のままでは相応しくない。

アガラン国の王女にもランツ国の王族にもなれなければ、いったい自分は何なのか。曖昧な立場で彼の隣に立つことは難しかった。彼はこれから更に大きくなっていく国の王になる。

恋人として束の間楽しむ関係なら、それでもいいかもしれない。けれど今後も離れたくないと望むなら、リィンは行動しなければならなかった。

逞しい胸板に寄りかかったまま、呼吸を整える。

抱き寄せてくれる腕は、リィンに安らぎを与えてくれた。きっと彼はリィンが何も言わなくても、こうして傍に置いてくれるかもしれない。誠実に愛を囁き、宝物として扱ってくれるだろう。

――でもそれではいずれ私が辛くなる。

保護されるだけではなく対等でありたい。互いに支えられる関係でなければ、いつかは破綻してしまう。

――私の父と母のように――

リィンの望みは、ロレントに守られ彼の背中に隠れ続けることではない。胸を張って、ロレントと共に生きたいのだ。そのためには明確な身分が必要だった。

――アガラン国の王女として認められるにしても、ランツ国の王族として生きるためにも、私は自らと母の汚名をそそがなければならない。

母は密通など犯していないし、自分は不義の子ではない。

それが証明されてこそ、初めて堂々と彼の愛情を受け入れられる気がした。

おそらくそれは勘違いではない。

仮面舞踏会で向けられた視線の中には敵意を孕んだものもあった。あれらを跳ね返すには、己の無実を明らかにする必要がある。そうしないと、自分自身が歩き出せなかった。

——本当の意味で、幸せになるために。

幸福は誰かが用意してくれるものではない。自らも掴みに行き、維持する努力が不可欠だ。

漫然と待っていても降って来ないと、リィンの胸に落ちた。

「——……ロレント様……お願いがあります」

まだ乱れた呼吸のまま、声を絞り出す。微かに震えていたのは仕方がなかった。

「ん？　君からお願いなんて、珍しいね。何でも言ってくれ」

同じように息を乱した彼が、嬉しそうに微笑みかけてくる。その笑顔に勇気を得、リィンは深く呼吸した。

「……私を……アガラン国へ行かせてください」

数秒、ロレントが硬直した。彼の驚愕の表情は、初めて目にする。それほど、予想外の発言だったのだろう。リィンだって、本音では好き好んであの国に戻りたいわけではない。

だが真相を探るためには、一度帰らなければならないと思った。遠く離れた安全な場所からでは、望む答えを得るのは難しい。せめて自分の目と耳で、知る努力をしたかった。

「――理由を聞いても？　……もし君が僕の元を離れたいという意味なら、とても認められないかもしれない。僕は、案外狭量だから――」

本音では『絶対に駄目』だと言いたいのが滲《にじ》み出ていた。それでも一応こちらの意見を聞こうとしてくれるロレントの姿勢は、尊敬に値する。

リィンは自分を抱き寄せる彼の腕に力が籠るのを感じ、複雑な歓喜を味わった。

「違います。貴方の傍を離れたくないから、戻る必要があるのです」

「どういう意味だ？」

「今の私はアガラン国王女と名乗ることも、ランツ国の王族と名乗ることもできません。こんな陽炎《かげろう》じみた存在では、ロレント様の隣に立つのに、相応しくないからです」

「……っ、そんなもの、どうとでもなる。国内の有力貴族の養子になれば――僕はあらゆる手段を使ってでも、君を正式な妃に迎えてみせる」

――そこまで私のことを真剣に考えてくださっていたの？　嬉しい……でも――

国内貴族の養子になる。その方法をリィンも考えなかったわけではない。

おそらく一番角が立たず、かつ安全な手だとも思っている。

しかし何をきっかけにして、自身の正体が火種にならないとも限らないではないか。

アガラン国がこの国へ攻め入る口実にされることや、ランツ国で不満を募らせた者がリィンの存在をロレントのアキレス腱《けん》と見做さないと、いったい誰に保証できるのか。

万が一にも自分のせいで彼に迷惑をかけたくない。

払拭《ふっしょく》できる問題なら、綺麗にしておきたい。そうして晴れ晴れとした気持ちで、ロレントの胸へ飛び込みたかった。

──私が、自分の脚でしっかりと立つために。

流されるのだとしても、行くかやめるかくらいは己で決めたい。誰かの思惑で突然終わりを迎えさせられるなんて、二度とごめんだ。

それも自身が預かり知らぬところで全てが決まり、真実に触れる機会も得られない辛さを、もう味わいたくなかった。

「私は、偽りの身分でロレント様の傍にいられません。誇れる自分でありたいのです。ですから母の汚名を雪ぎ、私の噂に関して真実を明らかにしたいです」

「……っ、あの国に行っても、君が望むものを得られるとは思えない。おそらく当時の証拠も証人も残っていない。誰かれ構わず聞いて回れば、たちまち王家から目を付けられるだろう」

「……そうでしょうね。簡単に真実が明らかになるとは私も考えていません。ですが何もせず私がここで安穏と暮らすのは、違う気がします。行動しなければ、母はずっと不義密通に溺れ廃妃になった上、処刑された愚かな女です。それだけは──どうしても見過ごすことができません……っ」

陰謀に加担した者がいたとして、口を割るはずがない。

正直なところリィンにはどこからどう手をつければいいのかも分からなかった。

けれど諦めれば真実は闇の中。母は永遠に報われなかった。

「危険過ぎる。君をあんな場所に行かせるなんて……っ」

「危険は理解しております。無駄足に終わる可能性も……ですが『何もしない自分』を私はこの先許容できないのです。それを教えてくださったのは、ロレント様です」

「僕、が？」

「貴方は何度も私に意見を聞いてくださいました。周囲から求められる役割をこなすのではなく、『私』自身がどう感じ、何をしたいのかを、繰り返し問いかけてくださいましたよね。だからこそ私は自分にも意思があり、それを叶えようとしてもいいのだと、知ることができたのです」

物分かりのいいお人形でいる必要はないと彼はリィンに示してくれた。

あれが全ての道標。塔に幽閉され、少しずつ自我を削られ緩慢に死に近づいていたリィンを、ロレントは『一人の人間』に戻してくれたと言っても、過言ではなかった。

「貴方が希望をくれたから、私は未来を夢見て強くなろうと思えました。それにあの国だけでなく、ランツ国についてももっと深く知りたくなったのです。二つの国で何が違うのか……この目で確かめたい」

「僕はリィンに無理をしてほしいわけじゃない。ただ、幸せになってほしいんだ」

「分かっています。ですが私にとっては、ロレント様に守られるだけでいる方が、無理をしていると理解していただけないでしょうか」

真綿で包み、大事にされるのは心地がいい。何の憂いもなく、平和な繭の中で微睡んでいられる。彼に全てを依存して寄りかかっていたら、辛いことも怖いことも恐れる必要がないと思った。

しかしそれではリィン自身が立ち止まり一歩も成長できない。無力で無知な、子ども時代のまま。塔の中で届かない窓を見上げていた時と、いったい何が違うのか。

焦がれるだけで手を伸ばす発想もなかった当時には帰らないと、リィン自らが決めたのだ。

「……それでも、僕は君を止めたい。いっそ、どこかに閉じ込めてでも……」

「ロレント様がそんなことをなさらないのは、私が一番分かっています。貴方は私の意思を無視する方ではありません」

確信を持って言える。どれだけ難色を示しても、彼はリィンを力づくで従わせようとはしないと。そんなロレントだからこそ、こんなにも心惹かれて止まないのだ。

「――――行くな、と言いたい」

「私を心配してくださるんですね。ありがとうございます」

「僕がどうしても駄目だと言ったら？」

「従います。けれど心は……アガラン国に囚われ続けるかもしれません」

彼の制止を振り切ってリィンが生国に戻ることは、現実的に考えて無理だ。旅の仕方すらろくに知らない自分には、その方法も明確に思い描けない。

おそらく強引に出立しても、途中で立ち往生するか志半ばで諦めざるを得ないだろう。

故にこれは、ロレントへ許しを乞うのと同時に彼の助けを求めているのと同じだった。

我ながら卑怯で計算高いと思う。嫌がる人に、協力を仰いでいるのと変わらない。しかも最終的には折れてくれるのを期待しているのだから。

「ごめんなさい……」

「……残酷だな。そんな風に言われたら、僕が君に逆らえないことを知っているくせに」

たぶん、ロレントの言う通りだ。自分は狡い。既に結論を出して、前に進もうとしていた。

彼が頷いてくれるのも織り込み済み。優しいロレントが苦悩すると想像できるのに、彼に負担を強いていた。

「……謝らなくていい。だってそれだけ、リィンが僕を信頼してくれている証でもある」

「ロレント様……っ」

言葉にしなくても彼はこちらの気持ちを余すところなく汲《く》んでくれた。そのことが、堪らなく嬉しい。リィンを理解してくれている証拠だ。

こんなにも自分に真っすぐ向き合ってくれている人は、他にいない。

――ロレント様だけ。世界で誰よりも私の大切な人……

この人に相応しくありたい。引け目を感じず、堂々と彼を支えられるようになりたい。時にはロレントの弱い部分を補えるように、強くなりたいと改めて決意が固まった。

正面から彼を見つめる。

リィンの眼差しに何かを感じたのか、ロレントがふっと息を漏らした。

「……今、アガラン国は政情が安定しているとは言えない。長く雨が降らず干ばつに喘いでいるところに、コレット王妃の散財が国民の不興を買って各地で火種を抱えている。国王の政策は失策続きだ。バーグレイ国との国境ではきな臭い動きもあり、安泰とは言い難い」

バーグレイ国はアガラン国と隣接する歴史の古い国だった。ここ数十年は同盟を結び良好な関係を築いていたはずだ。そうリィンが口にすれば、彼は緩く首を横に振った。

「ああ。だがアガラン国の足元が揺らぎ始め、好機と捉えても不思議はない。バーグレイ国は虎視《こし》眈々《たんたん》と領土拡大を狙っていた。実際、かの国はこの数百年の間で最も弱体化している。あの国自体が自覚しているかどうかはともかく」

自国が斜陽の段階にあると聞かされ、リィンは少なからず動揺した。

自分でも繁栄の頂は過ぎていると感じていたものの、いざハッキリ言葉にされると衝撃は大きい。しかも他国からの侵略の危機に瀕しているとは。

流石にそこまでだとは思っていなかった分、リィンは縋《すが》るようにサファイアを握り締めた。

「あの国は、そこまで……」

「大国の名に胡坐《あぐら》をかき過ぎた。長い歴史の中で買った恨みも募っている。……大きく育ち過ぎた巨木が倒れるのは、案外一瞬なんだよ」

かの国は、自分をいらないものとして切り捨てたが、それでも無関心を装えるほど『どうでもいい』とは思えない。単純にリィン自身が甘いのかもしれないし、愚かだとも言えた。

それでも――微かに残る郷愁がリィンの心を切なく締め付ける。むしろだからこそ、行かねばならないと強く感じた。

自分には、アガラン国の行く末を見届ける責任があるのではないか。王宮と幽閉された塔の中しか知らなかったでは済まされない。知る努力をする義務がある。

――お父様に認められていなくても、私はアガラン国の王女だもの……

「そういう事情もあるから、君があの国に戻ることは賛成できない。だがリィンの気持ちも分かる。僕との未来を真剣に考えてくれていることも伝わってきた。だから――ランツ国と接する国境沿いまでなら、様子を見に行くのを許可するよ」

「ロレント様……！」

「自分の目で、あの国がどうなっているのか、確かめて来ればいい。勿論、僕も同行するけどね。それが最大限の譲歩だ。これ以上は――君の心を踏みにじりかねない。……ごめんね、リイン」

「いいえ……！　充分です。ありがとうございます……！」

彼が深く思い悩んでくれたのは、聞かなくても分かった。

おそらく断腸の思いで下した結論だ。本来なら丸ごと拒絶したかったに決まっている。

それでもリィンを慮《おもんぱか》り、落としどころを探ってくれた。だとしたら、これ以上望むことはできやしない。

――国境沿いに到着した時点で次のことは考えればいい。そこから見える景色だけでも、きっと意味はある。まずは前に歩き出さなくては。

「アガラン国の詳しい国内情勢に関しては、僕が放っている間諜に報告させる。ひとまずはそれで妥協してくれ」

「妥協だなんて……私一人では結局何もできません。本当にありがとうございます、ロレント様」

自力でできることは限られている。何もせず後悔したくない気持ちに彼が理解を示してくれただけで、リィンの心の大部分が救われた。

「ですが、ロレント様はアガラン国に人を忍ばせていたのですか？」

「どの国も多かれ少なかれしていると思う。あの国は周辺国を下に見ている分、潜入させせやすかったのもあるが――たぶん、リィンもよく知っている顔触れも交じっているよ」

「私も……？」

母国で関りがある人間はほとんどいない。子どもの頃の知り合いだろうかと首を捻った。思い浮かぶのは、当時の教師や侍女らくらいだ。流石にばあやは違うだろう。

後は見当もつかず、リィンは瞳を瞬く。すると彼は楽しげに微笑んだ。

「ティリス、という名に聞き覚えは？」

「ええ、知っています。私が幽閉されている間、とても親切に心を配ってくれた兵で……えもしやあの方が？」

「僕の命で長年アガラン国の情報を流してくれている。今も何食わぬ顔をして、王宮の中で働いているよ。最近は王太子の護衛に抜擢されたそうだ」

予想もしていなかったことを告げられ、リィンは驚愕に固まった。

まさかという思いと、どこかで納得する気持ち。

それまで塔で監視警護の任務にあたる者は全員やる気がなかったのに、いつの頃からか細やかな配慮をしてくれる人間が増えていった。その筆頭がティリスだったからだ。

――ではロレント様のおかげで、私は寒さに震えたり飢えに苦しんだりすることがなくなったの？

全く知らないところで、守られていた。今こうして聞かなければ、これから先も気づくことなく。

孤独と不安で押し潰されそうだった幽閉期間、ひっそりと裏からロレントが支えてくれていたのだと分かり、リィンの双眸が熱く潤んだ。

こんなにも愛されている。会えなかった長い間もずっと真心は寄せられていた。ティリスを通しロレントが与えてくれた温もりが、改めてリィンの心に迫る。降り積もる想いは、どこまでも温かかった。

「私……やっぱりロレント様を心から愛しています」

「こら、そういうことを言って僕の機嫌を取ろうとしている？　簡単にのせられてしまう、自分が悔しいな」

悪戯な表情で笑う彼に愛しさが込み上げた。

――この先、何があってもこの方と生きていきたい。

どんな困難に見舞われても、辛く悲しいことが起きたとしても。ロレントと一緒にいられるなら、のり越えて行ける。そう、心の底から感じられた。

愛している――短い言葉が生きる力になり、思い描く未来が光り輝く。

リィンは彼の腕の中で、幸福感を噛み締めた。

「君の中で区切りがついたら――ここに特別な指輪を嵌めさせてくれる？」

ロレントに左手の薬指を摩られ、リィンは瞳を見開いた。

彼の言おうとしている意味が理解できないほど無知ではない。この関係は一時的な恋愛ではなく、ロレントも自分と同じ未来を夢見てくれているのだと、強く実感できた。

「……私で、いいのですか？」

「リィンじゃなくては、駄目だ」

青い瞳に見つめられ、鼓動が跳ねた。

握られた手とは逆の手で自らの胸元を探り、サファイアのネックレスを握り込む。双方から勇気を貰い、リィンは大きく頷いた。

「……喜んで、お受けします」

「良かった……断られたら、心臓が止まりそうだった。──愛しているよ、リィン」

「私も……愛しています。ロレント様」

横たわったままキスをして手足を絡め抱き合った。

互いの心音が、同じ律動を刻んでいる。その音に耳を傾けながら、リィンは幸せな微睡に落ちていった。


アガラン国へは陸路で向かうこととなった。

リィンが助け出された時のように船で行った方が時間を短縮できるのだが、それでは道中をつぶさに見ることができない。大型船が停泊できる港は、どこもそれなりに栄えている。

国境に向かう途中のごく普通の町や村を見学してこそ意義があるとロレントが提案してくれ、それに乗ることにした。

「疲れていないか？　リィン」

「私は大丈夫です。お気遣いくださり、ありがとうございます」

リィンは、表向き彼の視察に同行ということになっている。もともと予定されていた国境付近への視察に、少しばかり変更を加えた形だ。

こうすればアガラン国から不審がられることも、リィンの存在を嗅ぎつけられる可能性も減る。ただし道中は馬車で行くのが難しい場所もあり、リィンは事前に自ら馬に乗る練習を重ねなければならなかった。

「長距離移動はまだ慣れないだろう。身体が辛かったら、いつでも言ってくれ」

「平気です。私、意外に乗馬の才能があったようです。とても楽しくて、疲労感もありません」

馬上から見る風景は、とても清々《すがすが》しい。

風を切る感覚や馬から伝わる躍動感が、リィンを高揚させた。

「何だか感激です。私にこんな旅ができるなんて……」

隣には同じように馬に跨《またが》るロレントがいる。いつもよりはるかに高い位置で視線が絡むのは、どこか不思議な心地がした。

「乗馬が気に入ったのなら、今度は別の場所に行ってみよう。綺麗な湖や秘密の花畑を知っている」

「本当ですか？　楽しみです」

心躍る約束を交わし微笑み合えば、つい本来の目的を忘れそうになった。だが、ランツ国の首都を出発し既に十日以上が経とうとしている。何度か野営も挟んでおり、慣れない旅は確実にリィンを疲弊させていた。

以前よりも道中は整備され、安全かつ容易に行き来できるようになったとはいえ、ここに至るまで簡単な道のりではなかった。馬に乗るのは楽しいが、正直に言えばあちこち痛む。そろそろ熱い湯と柔らかなベッドが恋しいのも事実だった。

——でも、今日まで色々なことがあったわ……

道中立ち寄った町で、母が今でもランツ国の民に慕われていると知ることができた。『国民を守るため、貢物同然に嫁がされた姫君』『無実の罪で死に追いやられたら悲劇の公女』とリィンの母は、人々から憐れまれていたのだ。

そこには母の不貞を信じて詰る声は一つもなかった。

誰もが母を懐かしみ、涙をこぼしてくれる者すらいた。国の役に立てなかったとして蔑まれていると怯えていた分、リィンの驚きは大きい。

——お母様が廃妃されたことで、この国は不利益を被ったはずなのに……お母様の無実を信じてくれているのね……

更には『エリナ様がお産みになった姫君はご無事だろうか』とリィンを案じてくれる声まで聞けた。それだけでもう、この旅は無駄ではなかったと思える。

少なくともランツ国では、母は潔白であると大半の人が信じてくれているとリィン自身の目と耳で確かめられたのだから。

——間もなく、国境付近だわ……

乾燥した風が赤い土を巻き上げる。しかし見渡す限り荒野だ。冬はかなりの積雪になり、この辺りは植物があまり育たないらしい。

それにアガラン国からほど近いため、『ランツ国が発展している』のを悟られないよう開発していないのだとロレントが語っていた通り、小さな集落が時折あるだけだ。

そのため物寂しい光景が続いている。痩せた大地は野生動物にとっても厳しい環境らしい。

「見る限り、アガラン国側も建物らしきものはありませんね」

「あちらは首都の発展に注力しているからな。地方は後手に回っている」

「国境を守る砦《とりで》もないのですね？」

「ランツ国が攻め入るはずはないと、思い込んでいるのだろう。こちらとしてもわざわざ戦を起こす気はない。ただし我が国はすぐに動ける兵を常に国境付近に待機させている。もっとも今なら、港から上陸し一気に首都を制圧するのが定石だがな」

脅威がないと見做されているからこそ、これまで仮初の平穏が守られてきた。だがランツ国の真の姿を知るリィンは、母国の甘さを痛感せざるを得なかった。

──きっとバーグレイ国へも似た対応をしているのだわ……

アガラン国はもう何年も戦争をしておらず、軍備は縮小し続けていたはず。代わりに毎年増額されていたのは、コレットを始めとする王族たちの遊行費だった。

──あの国は、本当に傾いているのね……

「──殿下、間もなく最後の村に到着します。そこから先は、アガラン国の領土です」

「分かった。そこで休憩させてもらおう。皆もご苦労だった」

並走してきた護衛に告げられ、ロレントが頷く。リィンが瞳を細めれば、遠くに数件の粗末な家屋が見えた。

──村と呼ぶにも、小さな集落だわ。

柵で区切られた中には動物が飼われており、井戸もある。けれど裕福とはとても言えない暮らしぶりだった。

「住民には充分な説明と礼をするように」

「かしこまりました」

頭を下げた護衛が、一足先に馬で駆けてゆく。しばらく休む場所を提供してくれるよう村人へ交渉しに行くのだろう。

リィンは急に疲れを感じ、ホッと息を吐いた。

——この辺りは過去の私が抱いていたランツ国の印象とさほど差がないわ。でも通過してきた町はどこも、安定していて暮らしやすそうだった。

首都から離れた田舎町でも道路は整備され、小さな診療所や学校などが設けられていた。ロレントはまだまだ不十分だと言っていたが、アガラン国の常識からは考えられない。

あの国では貴族が住む周囲は煌びやかに整えられていても、遠方になるほど手付かずなのが当たり前だった。

そのことに特に疑問も感じていなかった過去の自分が恥ずかしい。民の暮らしを思うのなら、真剣に目を向けるべきだったのに。

——私にできることは何もなかったかもしれないけれど、考えることすら放棄していたのは言い訳の余地がない。……でも『何かできる』立場の人間で、きちんと民を思いやっている者が、アガラン国にはいるのかしら……？

いる、と即答できないことが悲しい。

リィンが幽閉されていた八年間で、自分が知り得たのは書物に書かれていたことだけ。その中には、如何にアガラン国が偉大であり、他国とは比べものにならない発展を遂げているかについて書き連ねているものが多かった。

そして褒《ほ》め称《たた》えられる内容の全ては、王家周辺のごく小さな範囲であったように思う。

──私の世界はとても狭かった。

王宮の中、塔の中。それだけ。更に言えば『外』だと思っていたものさえ、限られた一部でしかない。

本物の開けた世界をロレントが教えてくれたから、己の視界を塞いでいた目隠しが取れた気がする。

──これからももっと沢山のことを知りたい。自分で考え、行動できるように……

「──よ、ようこそこのような僻地へ……まさか殿下がいらっしゃるとは思いもせず……っ」

到着したロレント一行を出迎えてくれた村の長は、まだ四十半ばの男だった。

七世帯が細々と暮らす小さな集落は、ほとんどが親戚であるらしい。

彼らは大層恐縮しながらも、一行を快く歓迎してくれた。

「昔はもう少し軒数が多かったのですが、近年はすっかり減ってしまいました。若者たちはどんどん都会へ行ってしまいますので」

「だが貴方たちがここで暮らし、土地の管理をしてくれているおかげで、この辺りが完全に荒れ果てることはない。感謝している」

「も、勿体ないお言葉です」

長が頭を下げれば、他の村人たちも平身低頭している。

皆、王族を目の当たりにするのは初めてらしく、興奮を隠しきれていなかった。中には頭を下げつつも瞳を輝かせてチラチラとこちらを盗み見ている者もいる。

幼い子どもに至っては、興奮気味に頬を染め瞬きも忘れ見入っていた。

――そういう点も、アガラン国とは違うのね。あちらでは、平民が王族を直視するだけで不敬罪に問われかねなかったもの……コレット王妃様の気に障れば手酷《てひど》い罰を受けるとあって、侍女は萎縮していると耳にしたこともあった……

半ば恐怖の対象として王家は忌避されていた。

しかしロレントはごく当たり前のように民に声をかけ、「何か困っていることがあれば、聞かせてほしい」と意見まで求めている。

そんな彼に初めこそ戸惑っていた住民たちも、率直な考えをぶつけ出した。この村に来るまでに何度も見た光景が、再び繰り返されている。

「持参した毛皮は次の冬に役立ててくれ。持ちの良い燃料を開発しているので、極寒での実際の使用感を教えてくれたら助かる。勿論、相応の礼はしよう」

「滅相もない。喜んで試させていただきます」

「いや、何事にも対価を支払うのは当然だ。あなた方はランツ国の大事な民であり、王家が尽くす立場だと父も僕も思っている」

たちまち民らの心を掴んだロレントが、リィンの目には眩しく映った。

敬愛の念が込み上げて止まらない。リィンが理想とする指導者の姿を垣間見た気がした。

「ところで、住民はこれで全員か？」

「いえ、妻がそろそろ戻ってきます。彼女は織物が得意で、高く買ってくれる業者がいる隣村へ売りに行っているのです」

長がそう言った直後、荷馬車が丁度村へ帰ってきた。下りてきたのは、荷物を抱えた女性一人。

彼女は遠目にも優雅な所作と、洗練された容姿をしていた。

「ああ、妻が戻ったようです。ミケラ、お客様だ。ご挨拶なさい」

「――只今戻りました、あなた。――……あら、お客様なんて……」

この村に来客は珍しいのか、三十代後半と思しき女性は目を丸くしている。明らかに高貴な身分と分かるロレントの出で立《い》ち《た》に動揺してもいた。

「ああ、ロレント殿下だ。国境を視察にいらした。殿下、彼女が私の妻です」

「そうか。美しい女性だ」

リィンが彼女に目をやれば、確かに鄙《ひな》にはあまりいない都会的な女性に見えた。とても田舎で生まれ育ったとは思えない華やかさがある。気品と言い換えてもいい。

それは顔立ちだけでなく、ふとした仕草や歩き方、物腰の柔らかさにも滲んでいた。

――まるで王宮で働く、高位の侍女のよう――

そんなことをぼんやりと考えていたリィンは、彼女と目が合った。会釈して逸らそうとした視線はしかし、女性の愕然とした表情に縫い留められる。

――何……？　どうしてそんなにじっと私を見てくるの？　――……え？　この方……見覚えがある……？

リィンの記憶の扉が僅かに開く。

いつどこでか。微かに明滅する手がかりを掴もうとすると、『緑の庭園』が頭を過った。母と楽しい思い出を築いた場所。ランツ国の植物が植えられた、小さな楽園。

あの場にいたのは、母とリィン。それから初めて出会ったロレントくらいだ。

だが、はっきりと覚えていなくても、他にも確実に同席していた人物があったはず。

リィンが認識していないのは、その場にいても違和感がなく、風景に溶け込んでいたからに他ならない。それは、常に母の後ろに付き従っていた人物なのだから。

母が唯一ランツ国から連れてきた侍女は、いつもリィンに優しくしてくれた。

姉のように感じ懐いていたので、母の一件以降姿を消したと聞き、案じてもいた。その女性の名は――

「……ミケラ……？」

「……エリナ様……っ？」

悲鳴じみた声で母の名を呼んだ女性は、ガクリと崩れ落ち、そのまま意識を失った。

第六章　新しい約束

「約八年前、何があったのか……全てお話しいたします……」

目を覚ました彼女――ミケラはひとしきり泣いた後、語り出した。

場所は彼女の住む家。ミケラの夫である村長も同席することとなった。

彼女がエリナに付き従い、アガラン国へ渡ったのは十七歳になったばかりの頃だったそうだ。主従の関係であっても、二人は姉妹のように仲睦まじく、慣れない異国で支え合って生きていたらしい。

しかし王のエリナへの寵愛が薄れると共に、辛いことは着実に増えていった。

ミケラが王宮で侍女たちから苛《いじ》められることも少なくなく、エリナはミケラへ『国に戻ってもいい』と言ってくれたそうだ。

「……ですが私には、エリナ様を置いて自分一人帰ることなどできませんでした……」

自分が去れば、大事な主が独りになってしまう。誰も味方がいない異国の王宮でエリナが取り残されることを考えるだけで、震えが止まらなくなったと彼女は語った。

「……当時はそれほど、エリナ様の立場は弱くなっておられました……それでもリィン様が誕生してからしばらくは、幸せで平穏な日々が続いていました……」

夫である国王の訪れが絶えて久しくなっても、一応は穏やかな毎日が流れていた。むしろ忘れられたことで、静かな時間が得られたとも言える。

そんな小さな幸福が壊れたのは、エリナの不義密通相手であると一人の男が名乗り出たことからだった。

「今でも信じられません。あんな妄言を真に受けてろくな調べもなく、何の罪もないエリナ様が何故……っ」

一方的な証言一つで、リィンの母はその後、地獄に突き落とされた。

当初はミケラも、きちんと調べられ裁判が開かれればエリナの無実は証明されると信じていた。そうでなくてもあわよくば婚姻関係が破棄され、ランツ国へ主と共に帰れるのではないか夢見たそうだ。

しかし事態は瞬く間に悪化の一途を辿った。リィンの母はミケラ以上に状況の悪さと自身を追い詰めようとする力の存在を感じていたのだろう。

「――エリナ様は私の手を取りおっしゃいました……『娘を救うために、何としてもランツ国へ赴き、助けを求めてほしい』と……」

単純に手紙を書いて送っても、途中で握り潰される恐れがある。

自分は今、『疑惑』の只中にいるのではなく、『陰謀』に陥《おとしい》れられたのだと母は悟っていたに違いない。

このままでは何一つ弁明の機会を与えられず、娘までどうなってしまうことか。そう考えたからこそ、母国へ救援を求めようとした。

「夜が明ければ、私もエリナ様も囚われの身になる恐れがありました。旅立つなら今しかない。私はそう説得され、取るものもとりあえず、リィン様にご挨拶する時間もなく……」

思いを託されたミケラは、決死の覚悟で王宮を抜け出した。

当時はまだ険しい陸路でしか行き来できなかった時代だ。しかも追手から身を隠し、女の身で旅をするのは容易なことではなかっただろう。

道中何度も危険な目に遭いつつも、ミケラは必死にランツ国を目指したと漏らした。

けれど――

「私は、間に合いませんでした……国境の手前にあるアガラン国の町でエリナ様が処刑されたと耳に入り……せっかくエリナ様が頼ってくださったのに、何一つ成し遂げることもできなかった……！」

侍女が勝手に王宮を抜け出すことは禁じられている。まして当時のミケラは『廃妃された元王妃の侍女』であり『逃亡者』だ。戻れば確実に処刑される。

そもそも帰ろうにも精神的な衝撃があまりに大きく、ミケラはそれ以降の記憶がしばらくないと語った。

「……意識が明瞭になった時には、この村で保護されていました……」

「妻は、ある日ボロボロの状態で行き倒れているところを、私が連れ帰りました。初めは意思の疎通も難しかったのですが、少しずつ感情を取り戻してくれて……身体が回復して数年後、私と夫婦になりました。何か深い事情があるとは分かっていましたけれど、彼女が語りたがらないなら無理に聞き出す必要もないと……まさかそんな経緯があったとは……」

「この人がいなければ、私は確実に死んでいました……」

村の長であるミケラの夫が瞳を潤ませ、彼女を抱き寄せた。

二人の間には深い信頼関係と愛情が見て取れる。心と身体に傷を負ったミケラを立ち直らせてくれたのは、間違いなく彼だとリィンにも理解できた。

「……何もなし得なかった私に、帰る場所はありませんでした。おめおめと自分だけ家族のもとへ戻ることも、アガラン国のリィン様のもとへ駆けつけることも……結局弱い私は、この人の優しさに縋って生きる以外選べませんでした……」

「ミケラ……どうか自分を責めないで」

自責の念に駆られている彼女に、これ以上何を言うべきかリィンには思いつかなかった。

何を口にしても、安っぽくなってしまう。使い古された慰めで、ミケラの心を癒せないのは明白だった。彼女は今でも、己を嫌悪し後悔し続けているのだろう。

一目でリィンにかつての主であるエリナの面影を見つけてしまうほどに。

「リィン様……」

「仮に貴女がアガラン国へ戻ったとしても、口封じされただけだわ。お母様はきっと……私を助けてくれとランツ国へ伝えたいのと同じくらい、ミケラのことも無事に逃がしたいと願ったはずだもの……」

かつて姉のように慕ったミケラのことを思い出す。

こうして再会できたのは奇跡だ。

引き合わせてくれたのは母かもしれない。だとしたら、何も恨む気にはなれなかった。

「役目を果たせなかった私を許してくださるのですか……リィン様……っ」

「許すも何も、ミケラは一つも悪くないでしょう？」

リィンが本心から告げれば、彼女の双眸からたちまち新たな涙が溢《あふ》れ出した。かつては白くほっそりとしていたミケラの手は、すっかり日に焼け荒れている。この村での暮らしが楽なものではないのは、明白だった。

「ああ……エリナ様によく似ていらっしゃる。あの方もお優しくて……心根の美しい清らかな方でした……！」

「お母様の思い出を語り合える人に出会えて、私も嬉しいわ。――生きていてくれて、本当にありがとう。ミケラ」

心から本心を口にすれば、彼女がむせび泣いた。肩を震わせ、何度も謝罪と感謝を繰り返す。その姿を見て、リィンの頬にも涙が伝った。

――私にもできることがあったのね……お母様が大切に思っていたミケラが抱えていた心の重石《おもし》を、少しでも軽くできたのなら……

「ロレント殿下、エリナ様をお守りできず、申し訳ありませんでした。我が身の情けなさから王宮へ戻ることもできず……っ」

「僕もリィンと同じ気持ちだ。よく生きていてくれた。おかげでこうしてエリナ様について知ることができる。――ミケラ、あの方を陥れた陰謀について、何か知っていることはないか？　汚名を着せられたエリナ様がリィンの身の安全を確保しようとしていたなら、自らの潔白を証明できるものを握っていらしたのではないか？」

普通に考えればランツ国に助けを求めても、国力の差故に何もできない可能性の方が高い。自分は無実である証拠がなければ、立場の弱い母国が動けないことをリィンの母も痛感していたはずだ。

しかもそれをアガラン国内で掲げたところで、握り潰される可能性が高いと思ったとしたら。

――私がお母様なら、ミケラに『それ』を預けるわ……

託したものが盾となり娘を守ってくれると信じ、信頼する侍女を逃がしたとしか思えなかった。

「私がエリナ様から預かったものはあります。ですがそれがエリナ様の冤罪《えんざい》を晴らす役に立つとは、残念ながら思えません」

「それでもいい。見せてくれないか」

ロレントの頼みにミケラが頷き、部屋の奥から小箱を持って戻ってきた。さほど大きなものではない。片手に乗る程度のもの。中には、小さく折り畳まれた紙片が入っていた。

「これは……？」

首を傾げるロレントの横でリィンも紙を覗き込む。それは茶色に塗られているだけで文字や模様が書かれているわけではなかった。

――え……これだけ……？

意味が全く分からない。母は何故こんなものをミケラに預けたのか。

困惑するリィンは彼女とロレントの間で視線を往復させた。

「茶一色に塗られた紙に、いったいどんな意味があるのでしょう……」

「え？」

何気なく発したリィンの言葉に、勢いよく振り返ったのはロレントだった。彼の顔には、ありありと驚きが広がっている。それはミケラも同じだった。

「今……何と言った？」

「え。ですから茶一色に塗られた紙にどんな意味があるのかと……」

「リィンには、これが茶一色に見えるんだね？」

何を当たり前のことを言われているのかと、リィンは疑問を抱きつつ首肯した。だがジリジリと焦燥が募る。

「……そういうことか……」

「ロレント様、いったい何を……」

「リィン、この紙は茶一色ではない。緑で塗られ、中央に文字が書かれている。これは君とアガラン国国王の名前だ。――ただし文字は赤い色で」

「……えっ……」

注意深く目を凝らせば、色と文字の境目がぼんやりと分からなくもない。ただし、かなりじっと見つめねば、リィンには色別できなかった。

緑と赤の区別がつきにくい。それは、リィンと母二人だけの秘密でもあった。

『いい？　リィン。このことは絶対に誰にも言っては駄目。……特にお父様には――貴女が悪いわけでは決してないけれど、このことで嫌なことを言う人が現れるかもしれないの』

母の言葉が頭を巡る。同時に別の記憶がよみがえった。

それはあまりにも辛く恐ろしく、無意識のうちに忘却の彼方《かなた》へ押しやってしまった過去。いつの間にかリィンの中で『なかったこと』にしていた事実だった。

『まさか緑と赤が分からぬのか？　王の子でありながらそのような……忌まわしい子どもめ。お前は私を責めるために生まれたのか』

醜く歪んだ父の顔。愕然とした母の表情。その場は母が上手く取り繕ってくれたけれど、父はあれ以来リィンを遠ざけるようになったのだ。

上手く隠せなかった自分が悪かったのだと己を責めるあまり、リィンはそんな過去そのものを忘れることしかできなかった。母も蒸し返そうとはしなかった。

そして今、再び同じ過ちを犯したのだと、恐怖で全身が戦慄《わなな》く。

──どうしよう……っ、隠さなくてはいけないのに……室内が暗くて余計に見分けられなかった……！

狼狽《うろた》えるリィンの横でロレントがゆったりと息を吐いた。

「……なるほど。リィンの父──アガラン国国王もそうなのだろう。この病の特徴は親から子へ引き継がれることが多いと聞く。ただし生活に支障がなかったり、本人に自覚がなかったりすれば、周囲が気づかないことも珍しくないと……」

「え……お、お父様も……？」

そんなことは考えたこともなかった。けれど一つの可能性を示され、リィンの中で腑に落ちるものがある。

リィンの父も同じ病を患っており、それを引け目に感じていたとしたら。

己の隠したい特性が娘にも表れたと知り、『責められている』と考えたなら。

――ああ……だからお父様は私をあれほど疎んだの……

せっかく秘密にしてきたことをリィンが暴きかねないと恐れたならば。そんな娘を産んだ妻にも嫌気が差したのかもしれない。

だがそれはリィンの責任だろうか。誰も悪くはない。そもそも病自体、罪はない。

問題があるとすれば、己の劣等感を妻子にぶつけ遠ざけることしかできなかった父自身の脆《もろ》さだった。

「……リィンは間違いなくアガラン国国王の子どもだと、エリナ様はこれで証明するつもりだったのかもしれない。もしくは秘密を握っていると示し、リィンの安全を約束させる手はずだったのか……」

今となってはもう、誰にも分からない。

けれどこの小さな紙が大きな意味を持っていると理解できるのは、誰よりも父自身だ。

同じ『目』を持つ者にしか、この紙片に込められた真実を読み解くことはできなかった。

「ではやはり、母は不義など犯していなかったのですね……っ」

「勿論だ。初めから誰もそんな可能性は考えていなかった。リィンだって、エリナ様を信じていただろう？」

「はい……っ」

それでも証拠が欲しかった。誰かに明確な根拠を示されたかったのだと思う。貴女は過ちの果てに生まれた子ではないと言ってもらいたかった。

「お母様……」

ロレントに肩を抱かれ、彼の胸へ抱き寄せられる。そこは、リィンにとってこの世で一番安心できる場所。包み込んでくれる温もりに、悲しみや蟠《わだかま》りが解けてゆく。その中には父に対する怒りも含まれていた。

ある意味弱い人だったのだと思う。しかしそれをもっと弱い立場の人間に押しつけて逃げるのは、論外だ。他にいくらでも正しい道はあったはずなのに。

「リィンは何も悪くないし、僕の気持ちは変わらない。だから――この先のことは僕に任せてくれないか」

「ロレント様……？」

額に口づけてくる唇が温かい。頭を撫でてくれる掌の熱にも癒され、リィンは瞳を瞬いた。

「君とエリナ様の名誉は僕が必ず回復させる。信じて待ってほしい」

「でも、どうやって……」

「危険は冒さないよ。ランツ国にはランツ国の戦い方がある」

微笑む顔には自信が漲っていた。信じて全て任せてしまいたくなる。だが彼に完全に寄りかかるだけではいけないと、リィンは首を横に振った。

「これは私の問題です」

「いや違う。僕の問題でもある。だって君はこれからランツ国の王太子妃になるのだから。アガラン国の王女として僕に嫁いでくれ」

聞き間違えようもない求婚にリィンの背筋が戦慄《わなな》いた。

それが叶うなら、一番嬉しい。何の憂いもなく、ロレントの胸に飛び込んでゆける。父のしたことは許せないけれど、母の願いも無駄にしたくはなかった。

――お母様は両国の和平を心から願っていたはず。戦争は回避したかったに決まっている。だからこそ、私がお父様の実子である証拠を残そうとなさったのよね……？

娘の存在が二国を繋ぐ架け橋になると信じていた。その切ない思いを無視はできない。

それ以上に、リィンの存在そのものを欲してくれるロレントの想いが、何よりも胸を熱くさせた。

「……私の目は、ロレント様にとって足枷《あしかせ》になりませんか……？」

「何故？　子どもに同じ特徴が引き継がれることを危惧している？　だったら何も心配いらない。そんなことで僕の立場が揺らいだりしないよ。いずれ王位につく我が子にしても、大した問題にはならない。それより、リィンが僕との子どもについて具体的に考えてくれていると知れて、嬉しいよ」

晴れやかな笑みには、嘘も誇張もなかった。本心から彼はそう思ってくれているのだろう。己の病を暴かれることを恐れ、妻や娘の命を奪おうとした父とはまるで違う。

ロレントの『だからどうした』と歯牙にもかけない姿に、リィンは心の底から癒された。

──本当にこの方は、いつも私が一番欲しい言葉を贈ってくださる……。

「……ありがとうございます。貴方に頼ってもよろしいでしょうか」

「リィンがそうしてくれたら、僕は嬉しいだけだ。大喜びで何でもしたくなってしまう。大船に乗ったつもりで、待っていてくれ」

取られた指先にキスを落とされ、リィンはようやく口角を綻ばせることができた。

強張っていた表情が見る間に解けてゆく。

思い返してみれば、彼の傍で生きるようになってからの方が、これまでの人生全て合わせた分よりも笑った回数が多い。

あらゆる意味で、ロレントはリィンに人間らしさを教えてくれた。もうこの人から離れて生きていけるとは微塵も思えない。一瞬も離れたくなくて、彼の手を握り返した。

「待ちます。どれだけ長くても、平気です。だって貴方は、九年越しで私との約束を叶えてくださいましたから」

「きっと僕ほど一途で執念深い男はなかなかいないよ。リィンは諦めて僕のものになるしかないね」

「諦めるだなんて……私は自分の意思で、ロレント様と生きていくと決めました」

思いを込め、言葉にする。すると彼は一瞬瞠目し、その後蕩けそうな笑顔を浮かべてくれた。

「……そうだね。君が僕を選んでくれたんだ」

「はい。これは私の選択です」

リィンが決めたことだから、全ての責任も自分で負うつもりだ。

けれど握り合った手は、『共に背負おう』と言ってくれているように感じられた。

たぶん、そう思うのは勘違いではない。これから先も一緒に生きていきたいから、歩みを揃え同じ荷物を分かち合うと彼の瞳が語ってくれている。思い込みだとしても構わない。

幸福な以心伝心は、リィンに勇気を与えてくれた。

ミケラとの再会から数か月。

リィンはランツ国の王城で大量のおむつを縫っていた。これは孤児院は勿論、夫がいない母親にも無償で配られる予定だ。

侍女たちも率先して手伝ってくれ、準備した枚数は小高い山を成している。奉仕活動の幅を広げたリィンは、毎日が忙しい。やるべきことはいくらでもあった。

だがロレントとはもう随分会っていない。彼は『戻ったら結婚式を挙げる』と宣言して以来、目的を果たすため長い旅に出ているのだ。

行く先はアガラン国。それも正式な訪問だ。今回は陸路ではなく海路で向かったので、国境まで行った時よりも日数はかからないはず。それなのに未だロレントが帰ってくる様子はない。

自分にできることはただひたすら彼を待つだけ。ロレントが待っていろと言ってくれたのなら、その通りにする。信じて待ち続けることが、リィンの彼への信頼の証だった。

寂しくないわけでも、不安がないわけでもない。

それでも心構えは、ただ漫然と窓を見上げていた幽閉時代とは違う。

これはリィン自身が選んで決めたこと。いつか嵐が止《あが》むことを祈るばかりではなく、必ず好転する未来を信じ、その時に備えて堪え忍ぶ。無謀に足掻くのではなく、リィンにできる戦い方だった。

――だけど、一日でも早く戻って来て欲しい気持ちは変わらない……

ロレントは約束を守る人だ。リィンがここで待っている限り、必ず帰って来てくれる。

切実な祈りを日に何度も捧げ、いったい幾晩眠れない夜を過ごしたことか。

しかしそんな日々は、唐突に終わりを告げた。

「ロレント様がお戻りになったの……っ？」

「ええ。陛下に会われてから、リィン様のもとへいらっしゃるそうです」

突然もたらされた報告にリィンの心臓が激しく躍った。

出迎えるための身支度を、という侍女を振り切って、思わず部屋を飛び出してしまったのは仕方がない。ずっと会いたくて、夢にまで見た人が帰ってきたのだ。

一秒でも早く顔が見たい気持ちが抑えられず、無作法にも謁見室を目指した。そこに彼がいるかどうかも分からないのに、じっとしていられない。

高鳴る胸に手を当て、リィンは最短距離になる庭園を突っ切ってロレントの姿を捜した。これまでの自分ならば考えられない無鉄砲さだ。けれど部屋で待つことは難しい。もう充分待ち続けた。これ以上は一秒だって惜しかった。

――ご無事なの？　アガラン国で何も危険や不快なことはなかった？　お母様の件はどうなったの？

聞きたいことが沢山ある。だが何よりも彼の顔が見たくて仕方なかった。

会いたい。抱きしめてほしい。声が聞きたい。

いつから自分はこんなにも欲張りになってしまったのか。

大好きな人にしてほしいことが次々に浮かび、リィンは苦笑した。貪欲になったのは、ロレントにも責任の一端がある。彼がリィンの意思を常に最優先して願いを聞いてくれたから、いつしかそれに慣れてしまったのだ。

そんな責任転嫁をし、リィンが生け垣を右に曲がった時。

「……ロレント様……っ！」

恋焦がれた人がそこにいた。

父親である国王に報告した後なのだろう。長旅から戻ったばかりにしては、きちんとした正装を纏っている。疲れた様子はどこにもない。

煌めく美しさに目を細めたくなるような美丈夫が、真っすぐリィンに向かい歩いてきた。

「リィン……！」

満面の笑みで彼が両腕を広げる。

リィンは考えるよりも先に、ロレントの胸へ飛び込んでいた。

「会いたかった……！」

「私もです。お帰りなさいませ……！」

よく知る感触と変わらない腕の力。広い胸板。匂いと声。全てがリィンの涙腺を刺激した。

溢れて止まない涙は、彼が身につけた服の胸元に吸われてゆく。

ロレントの服を汚してはいけない、人が見ていると頭のどこかは冷静に忠告してくれるのに、そんな考えはたちまち片隅に追いやられた。

周囲には大勢の人がいる。侍女も、護衛も。けれどリィンにはロレントの声と息遣い以外、何も耳に入らなかった。

視界に映るのは彼の姿だけ。ロレントの胴に回した自分の腕が感じ取る感触が全て。他のことは全てが頭の中から消えていた。夢中で彼の名を呼び、頬を擦りつけることより他に、優先すべきことがあるとは思えない。

あまりにもロレントに飢えていたのだと、はしたなくも痛感した。

「ただいま、リィン。顔を見せて」

彼に促され泣き顔を上げる。至近距離で視線が絡み、微笑み合った。

しかし直後にリィンは、驚愕に双眸を見開く。

「え……っ?」

てっきりロレントの背後にいるのは、護衛や側近たちだと思い込んでいた。だが違う。そもそもこの国の人間ですらない。

何故一目でそう判断できたのかは、明確な理由があった。

彼の後ろにいる人物に見覚えがあったからだ。

それもとてもよく知るのと同時に、他人に等しい人。恋しさと憎しみを想起させる相手。もう何年も対面したことはない。それでも決して忘れるはずのない人物だった。

「お父様……っ?」

父だけではない。少し離れた場所には、コレットもいるではないか。

彼らが客人ではないことはすぐに見て取れた。

とても大国の国王夫妻とは信じられない出で立ち。警護のためとは思えない、周囲を取り囲む兵の物々しさと数。

しいて言うなら、『連行される罪人』の言葉が一番しっくりくる。

普段着にしても飾り気がなく、貧相とすら言える格好。髪は簡単に纏めてあるだけ。宝飾品の類は一つもない。足元は踵の低い室内履き同然だった。

一言で言えば、『みすぼらしい』。

信じられない光景にリィンは愕然とした。

「どうしてお二人がここに……」

通常、王と王妃が揃って国を空けるなんて考えられない。ほとんどの権力を次代に委譲し、実質的に代替わりしているのならまだ納得できなくもないが、アガラン国の王太子であるリィンの弟はまだ十歳にも満たないはず。

ならば仮に譲位したとしても摂政が執り行われるか、揺るぎない後ろ盾が不可欠だ。

それなのに両親が揃って異国の地に降り立っている異常さに、リィンは瞳を瞬かせた。

「丁度リィンを迎えに行くところだったんだ。一緒に来てくれるね？　リィン」

「え、あの……どちらに？」

「来てくれたら分かる。——これより王太子ロレント・ランツの名のもとに簡易法廷を開く。罪人たちを連れてゆけ！」

「はっ！」

ロレントの号令により、一斉に人々が動き出した。リィンは唖然としたまま恭しく手を引かれる。さながら、仮面舞踏会でエスコートされた時のよう。ただし向かう先はオペラハウスではなく、城内にある大広間だった。

いったい何が起きているのか。何も分からぬまま周囲を見回すことしかできない。しかしリィン以外は何をすべきか各々分かっているのか、あっという間に『断罪の場』が作り上げられた。

豪奢《ごうしゃ》な椅子を用意されたリィンとロレントとは違い、父とコレットは立たされたまま。それも彼らの両脇を、屈強な兵が挟んでいた。

「――リィン、どうしてお前が生きているのっ！　それも高みから見下ろすような……母娘揃って、忌々しい。お前さえさっさと死んでいたら、こんなことには――」

リィンの姿を目にしてどこか茫洋としていた父とは違い、コレットは歯茎を剥き出しにして唸《うな》る。その顔は、美貌を一番の自慢にしていた彼女の表情とはとても思えない。

皺が増えることも気にならないのか、醜く歪んでいた。

「誰が発言を許した。罪人の口は塞いでおけ」

「はっ、申し訳ございません！」

唾を飛ばす勢いで叫んだコレットを、ロレントは冷ややかな眼差しで一蹴した。控えていた兵の一人が、素早く命令を実行する。

コレットの不満の呻き声は、あっという間に布と拘束紐《ひも》で押さえ込まれた。

「え……？　どういうことなの……？」

目の前で繰り広げられている事態が一向に呑み込めず、リィンは声を震わせた。

全てに現実感がない。いっそ白昼夢と言われた方が、納得ができる。ひょっとして自分は、ロレントの帰りを待ち侘《わ》びるあまり幻覚を見ているのかとすら思えてきた。

「全部現実だよ、リィン」

そんなこちらの心情を見透かしたように、ロレントが微笑みかけてくれる。先ほどコレットへ向けていた冷徹な声音と瞳とは、全くの別ものだった。

「証言者は前へ！」

「え」

進み出た人物を見て、リィンは言葉を失った。何故ならそこにいたのは、もう二度と会えないと諦めていた人物だったからだ。

「ばあや……！」

「リィン様……！　よくご無事で……！」

ばあやは以前よりも痩せてはいたが元気そうだった。肌艶もいい。そのことに安堵して、リィンの頬を涙が伝った。

「ばあやこそ、無事でよかった……ご家族は？」

「心配してくださったのですね。ありがとうございます。ロレント様に保護され、家族も皆息災です」

「ロレント様に……？」

聞けば、リィンが姿を消してから、ばあやの周囲はきな臭くなったという。身の危険を感じていた時に、ランツ国への亡命を打診されたと彼女は打ち明けた。

「私の口封じをしても大した意味はありません。ですが……これでも長年王宮で働いていた身。それなりに人脈はあります。使用人たちの噂話程度でしたら、私の耳にも入っておりました。特に――エリナ様が陥れられた陰謀については」

「リィン！　エリナの件は私に非はなく、あの女が男を引き入れたんだ。ロレント殿下は何か思い違いをしている。娘のお前が弁明しろ！　父を助けるがいい！」

ばあやが何か言おうとするのを遮って、父が大声で喚《わめ》き立てた。

「でしたら何故、エリナ様との密通を証言した男の家族全員が姿を消したのですか！　あの男には病弱な妹がいたはず……それなのに親族全てが一斉に消えるなど、不自然極まりない。それも、男が処刑された直後に……！」

ばあやの涙ながらの叫びで、リィンは察した。

一つ一つは事象の欠片。それでも繋《つな》ぎ合わせれば一つの絵が出来上がる。ばあやも同じ結論に至ったのだろう。いや、この場にいる誰もが、同様の考えを抱いたのが明白だった。

――そんな……ではお父様はその男を甘言で唆《そそのか》し利用した上、家族諸共《もろとも》口を塞いだの……

「他にも私の息子たちが集めてくれた証拠や証言がございます。エリナ様は無実です！」

ばあやだけでなく、証言台には何人もの人が立った。その中にはミケラもいる。声を震わせながら、けれど毅然とした態度で母の潔白を訴えてくれた。

次に現れたのは、リィンには見覚えのない若い兵。しかし声を聞いてすぐに男が誰なのかが分かった。

――この声……ティリス……っ？

「私はリィン様が幽閉された塔の護衛と監視を任されておりました。しかし本来リィン様のために使われるべき資金は全て、コレット王妃の懐へ流れ込んでおりました。たびたび暗殺者を放っていた証拠もあります。命令していたのは国王です」

「だ、黙れ下郎！　世迷い事を申すな！　た、助けてくれ、我が娘よ。お前からロレント殿下へ何もかも誤解だと弁明してくれれば……っ」

拘束する兵の手を振り切るように身を捩り、往生際悪く父が喚き立てた。

次々に明らかになる事実は、どれもリィンの心を抉る。だが事実であることが図らずも父の態度で証明されたのも同然だった。

他にも、医師、侍女、庭師、聖職者など当時は真実を述べられなかったと涙ながらに語る者もおり、誰一人アガラン国の王と王妃を庇《かば》い立てする者はいなかった。

「馬鹿な、これは私を陥れる陰謀だ。証拠はどこにも……」

確かにかつての事実を示す明確な証拠は一つもない。ただし人の口には戸が立てられないものだ。心象や個人的な記録ならば数えきれないほど残されている。それらが積み重なり、かつ矛盾しないとすれば、切り捨てられない力になった。

民の声。虐げられた者の本音。皮肉なことに、どれもこれもリィンの父やコレットが軽視したもの。そしてロレントが丁寧に汲《く》み上げたものでもあった。

「——以上のことからエリナ様の無実は明らかです。真の罪人はアガラン国国王とその正妃であると言えましょう」

厳《おごそ》かでありながら、高らかに結論が述べられた。

その瞬間の思いを、リィンは上手く説明できない。ただ止まらない涙が頬を濡らし続けた。

何度も夢想はした未来。真実が明らかになり、正しい者が報われる世界。しかし叶うはずはないともリィンは思っていた。死に物狂いで努力しても、手が届かないことはある。

しかし諦めず前を向くことに意味があると己を慰めてきた。

——だけどロレント様はなし得てくださったの……？

それもおそらく、リィンのために。

勿論ランツ国のためであることも間違いない。だが根源にある最も大きな理由は、リィンなのではないかと感じた。

傲慢で自意識過剰な思い込みかもしれない。けれどそれでもいい。

大事なのは今、彼がリィンを愛情たっぷりに抱きしめてくれたことだった。

「アガラン国ではまだエリナ様の不義密通を信じている輩《やから》が完全にいなくなったとは言えないが、大半の国民は真実を悟っている。そのこともあって、人心は王家から離れた。……君の母上は、辛い立場にありながらも常に民へ目を向けていた。弱小国出身と侮る者が多い王宮で弱い者への慈しみを忘れず、積極的に奉仕活動に励んでいらした……恩恵を受けた者たちは、忘れてはいなかったよ」

「お母様……！」

ただ、寂しくか弱い人なのだと思っていた。だがそれは、リィンの知る母の一面でしかなかったらしい。

彼女は、狭い鳥籠に閉じ込められても、その中でできることを懸命に模索していた。

娘に愛情を注ぎ、国を憂いて。非力であっても己に可能なことは、率先して行っていたのだろう。だからこそ、今がある。

あれから何年も経ってしまったが、ようやく真実が白日の下に晒されたのだと、リィンの双眸から涙が伝った。

――それも、お母様自らが蒔《ま》いた種によって……――私は、貴女の娘であることを、誇りに思います。

「馬鹿馬鹿しい茶番だ！　こんなことをして、我が国が黙っていると思うな！」

「体よく追放された無能の王が何を言う」

威勢よく声を張り上げたリィンの父は、あまりにも冷淡なロレントの言葉に硬直した。ワナワナと震えつつ、その双眸には紛れもない怯えが揺れている。

「国民の反王家感情をアガラン国では抑えきれず、安全を保障できないとのことで、我が国が身柄を預かることになったのを、忘れているのではあるまいな」

「え……っ、アガラン国で何があったのですか……っ？」

リィンが問えば、ロレントは父に対するものとは比べものにならない優しい表情をこちらに向けてくれた。更にはリィンの髪を愛しげに撫でてまでくれる。

「諸々の不満が一気に噴出し、革命が起きた。バーグレイ国が攻め入るまでもなく、あの国は限界を迎えたということだ」

確かに、かの国は斜陽に差し掛かっていた。それは、リィンも感じていたことだ。

だがだからと言って、こんなにも急に倒れるほどボロボロでもなかったはず。

まだあと十数年は、過去の栄光を礎にして、大国の態を維持できると思っていた。その間に国が立ち直ることもできると秘かに考えていたのだ。

――それが急にどうして――

リィンの視線がロレントとかち合う。彼の双眸に浮かんだ愉悦の色に、リィンは全てを察した。

――もしかして、ロレント様の計略通りに……？

彼は『ランツ国にはランツ国の戦い方がある』と言っていた。

真正面から武力でぶつかるのではなく、命の危険を冒さない方法を採ったとしたら。

ロレントならば上手く人々を動かして望むように操ることも可能な気がする。

何せ十年近い歳月の間に国を建て直し、他国への影響力を増し各所に間者を放って、囚われの身であったリィンを連れ去った人だ。水面下で行動することには慣れているだろう。

忍耐力も執念も胆力も、並外れている。そして、目的を達するために必要な意志の強さも。

漫然と玉座に座って、大国の旨味を当たり前のものとして啜《すす》り、享楽に耽っていた父とは比べ物になるわけがなかった。

「ティリスには褒美をやらなければならないな。上手く王宮の内外を扇動してくれた」

ニッコリと微笑んだロレントは、麗しい王子様そのものだった。

細められた瞳はとても優しげだ。しかし彼が親切で清廉な青年なだけではないことを、リィンはよく知っている。良くも悪くも強《したた》かでなければ、こうして生き残ってこられなかっただろう。

まして大国を相手にして調整を図るどころか、手玉に取り、更には気づかれぬ間に立場を逆転させるなど不可能だった。

「こ、この……っ、格下のランツ国如《ごと》きが生意気な……っ！」

「いつの時代の話をしている？　アガラン国の経済を支える商人や起業家には、ランツ国出身者が大勢いる。もはや王家を支えるために無視できない勢力だ。もっと言えば、民を顧みない王家よりも人々の心をよほど掴んでいる。平民の方が自国の危うさを理解していた。このままいけば、いずれはバーグレイ国に侵略され厳しく支配される……それくらいならまだしもランツ国に統治された方がマシだと判断する者は多い」

　ロレントに突きつけられた現実に、リィンの父は愕然としていた。おそらく考えてみたこともないのだ。民は王族に傅く者としか見做していなかった男にとっては、青天の霹靂に等しいに違いない。ましてとっくに国力が逆転していたなど、受け入れ難いに決まっていた。

「リ、リィン……っ、ち、父を助けろ。お前がロレント殿下を説得しないか……！」

　混乱の極致で、この場で頼れる相手はリィンだけだと思ったのか、それともこの期に及んで従わせられると侮ったのか。父が傲慢な命令を下す。しかしその言葉に応えたのは、リィンではなくロレントだった。

「貴方はリィンを我が子だと認めているのだな？　それなのに無実の妻を処刑し、娘に言われなき汚名を着せ長年幽閉した挙句殺そうとした。その上今度は父親面をして命乞いか？　恥を知るがいい」

ロレントの言う通りだ。

父がリィンを我が子だと思っているのなら、過去の全てを悔い心から謝罪しなければならない。逆に王女を騙《かた》った罪人だと今も信じているのなら、縋ろうとする方がおかしい。

しかし父は己の行動が矛盾しているとは微塵も感じていないようだった。

ロレントに指摘され、屈辱に表情を歪めただけだ。

「私は何も悪くない！　むしろ被害者だ。いったい私がどんな罪を犯したと言うつもりだ！　全ては……そう、コレットに唆されて……！」

「……んんッ、ゥうっ」

突然糾弾の矛先を向けられたコレットが、口内に布を詰められたまま激しく唸った。目を血走らせ、髪を振り乱しながら地団太を踏む。

その様は、『何故私が責められなければならないの』と雄弁に物語っていた。

「私の意思ではない！　コレットがどうしても王妃になりたいと言い出して……私がエリナの処刑に乗り気ではなかったと、リィンなら分かるだろう……っ？　私はお前を可愛がっていたはずだ……！　で、でなければ八年も生かすはずがない！」

こちらを顧みることはなく、母の訴えに対し無視を決め込んだくせに、何を言う。

父は徹頭徹尾リィンの言葉を聞く気もなかった。幽閉されていた八年間、一度たりとも会いに来てくれなかった薄情さをよもや忘れたわけではあるまい。

いない者として扱われ、最後はあまりにも簡単に命を奪われそうになった悲しみを、おそらくリィンは一生癒すことができない。当然忘れるなどもっと無理だ。けれど父にとっては都合よく改変できる程度の記憶でしかなかった。

――……いいえ、そもそもろくに覚えていないのね……お父様とコレット様は、何てよく似た二人なの……

互いに自分の非は認めない。己の罪に向き合う努力すらするつもりがなかった。

無責任で人任せ。あまりにも情けない姿に、リィンの中にあった僅かな親愛の情も消えてゆく心地がした。

――もう、いい。

いくら望んで頑張っても、無意味だ。彼らに振り向いてもらう必要はない。そんな願いも虚しく感じ、リィンはそっと目を閉じた。

――私には、愛してくれた母と敬愛するロレント様がいる。それに大喜びで私を受け入れてくれたランツ国の王である従伯父様や、信じてくれる民も……

欲しかったものは、ここにある。

いつまでも手に入らないものを眺め、指を咥《くわ》えるのはやめようと思った。

「あなた方が生かされているのは僕の父の温情だと、まだ理解できないようだな。断っておくが、ランツ国としては今すぐ身柄をアガラン国へ送り返しても構わないんだ。ただしその場合、歓迎されるとは思わないことだな。息子を窮地に陥れたくなければ、精々大人しくしていろ」

息子――とは当然、コレットが産んだ王太子のことだろう。

ならば国王夫妻が不在の国には、やはりリィンの弟が残されているらしい。

「ロレント殿下！　今一度陛下に会わせてくれ！　きちんと話せば、私の言いたいことを理解してもらえるはずだ」

鬱陶《うっとお》しげに顔をしかめたロレントが右手を上げる。それを合図にして兵らが一斉に動いた。

未だ何かを叫ぶリィンの父と、必死の形相で唸るコレットを引き摺って、高貴な身分の罪人用の牢へ向かってゆく。その後姿を、リィンは黙って見つめた。

筆舌に尽くし難い虚しさが胸に広がる。吐き出した呼気は重苦しい溜め息にしかならず、指先がひどく冷えていることにしばらくして気がついた。

――終わったんだ……。

最後までリィンに対する謝罪は一つもなかった。母に対する贖罪《しょくざい》も。

彼らにしてみれば『そんなこと』よりも己の保身しか頭になかったのかもしれない。その上で、リィンが黙って従うと信じて疑わなかったらしい。

他者を踏みにじることに何の痛痒《つうよう》も感じない。そんな哀れな者の末路だった。

「――……ロレント様、あの二人はどうなるのですか」

「しばらくはランツ国で預かる。だがいずれはアガラン国へ引き渡すかもしれない。勿論、この国でエリナ様を陥れた罪を償った後に」

「……帰せば、政争の火種になりませんか。父を国王の座に戻そうとする動きも出てくると思います」

革命は大抵の場合、その後の政権を維持するのが難しい。少しでも失敗すれば、『昔の方がよかった』という意見が必ず出てくるからだ。

その際に大義名分があれば、父が再び担ぎ上げられないとは限らなかった。

「それはない。現在アガラン国では彼らの息子であるダヴィンが玉座に座った。ただし、摂政はランツ国の人間だ。今後はあらゆる意思決定に僕を通してもらう。そもそもあの二人を出国させることは、ダヴィン側の願いだ。彼らを差し出すことで恭順の意を示したらしい。もっともそれが国のためか保身なのかは、これから見極めなければならないが……どちらにしても、我が国にとっても損のない取引だ。年齢よりも賢いな」

姉弟とは名ばかりの、顔も知らないリィンの弟。

その子が新たな王になったらしい。だがそれが傀儡《かいらい》に過ぎないことは、誰の目にも明らかだった。完全にランツ国に掌握された国内では、人質も同然だ。

両国の関係性は、ものの見事に逆転したのだとリィンは思った。

――いいえ逆転どころではない。ランツ国には主権があったけれど、これから先のアガラン国には……

ないも同然だ。全てはロレントの手に握られたのも同じだった。

「安心してくれ、リィン。かの国がなくなるわけではない。君が望むなら、変わってゆくこともあるだろう。ただ、僕はどうしてもあの国が君に強いた苦痛が許せなかった」

「……ロレント様……」

この形を屈辱と捉えるかどうかは、見方により変わる気がする。

ただ、あのまま父とコレットが治め続けるよりも、アガラン国には救いであるとも思えた。

——戦争になって、多くの血が流れ人々が憎しみ合うのではなく、変わってゆくことができるのなら……

たぶん、その方がずっといい。いつかは自浄作用も働くかもしれない。弟はまだ幼いが王の資質も垣間見せてくれた。ならば正しい未来へアガラン国を導いてゆけるのではないか。

「……ありがとうございます、ロレント様」

「礼を言うのは早いよ。もしも僕が暴走してあの国を破滅に追い込みそうになったら、止めるのはリィンの役目だ。僕らは共に、補い助け合って生きていこう」

理想の関係を示唆され、リィンの両眼に涙の膜が張った。

一方的に守られ与えられるのではなく、互いに無関心でもなく、同じ未来を思い描ける伴侶として。そういう関係を、リィンは彼と築くのが夢だった。

——この方は、誰よりも私を理解してくださる……

出会えたことも、再会できたことも奇跡に違いない。

――それともお母様が私たちを引き合わせてくださったの？

あの、かつての庭園でのように。それなら辛かった過去の全てに意味があったと思えた。

「勿論です、ロレント様」

「僕と結婚してくれる？」

「喜んで、お受けします……！」

リィンの手を取った彼が、満面の笑みを浮かべる。しかし直後に慌てふためいた様子で、周囲を見回した。

「どうかなさいましたか？　ロレント様……？」

「いや……こんな時に指輪を用意していなかった……痛恨の失敗だ」

「そんなこと、何でもありません。宝飾品なら、使い切れないほどいただきました」

「それとこれは違う。この指に嵌める指輪は、特別なものだろう？」

思わせ振りになぞられた左手薬指の付け根が、甘く疼いた。

「最高のものを、君に贈りたい。準備はしてあるから、期待して待っていて」

「ロレント様ったら……国宝級などは、もうやめてくださいね？」

「君は欲がないな……」

これから先も、こうしてロレントと共に歩んでいかれたら、こんなに幸せなことはない。

自分からも同等の愛情を返したくて、リィンは彼の頬へ口づけた。

「欲なら、あります。だってロレント様に会いたくて、再会が叶った瞬間には抱きしめてほしいと願っていましたもの」

無欲だなんてとんでもない。一つ望みが叶えば、すぐに次の願望が胸に生まれた。むしろ自分はとても強欲だとさえ思う。最高に嬉しい求婚をされ、もはや望むものはないはずなのに、彼の傍にもっといたいと熱望しているのだから。

「……抱きしめるだけでいいのか？」

ロレントの双眸に情熱的な焔《ほのお》が灯る。

ほんのり漂う淫靡な空気が、リィンの心臓を大きく脈打たせた。

「……ロレント様から……キスをしてほしいです」

「いくらでも。――それから？」

額に、瞼に、頬に唇が触れてゆく。温かく柔らかな感触は気持ちがいい。けれどとてつもなくもどかしくもあった。

「ここ、にも……」

誘導されるままリィンは自らの唇を指し示した。

見つめ合う眼差しは濡れている。潤む視界の中、妖艶な気配を纏った彼が嫣然と微笑んだ。

「……っ」

重なった唇から愉悦が弾ける。痺れる官能が指先まで広がってゆく。滾る息を吐き出したいのに、次第に口づけが深くなるからできなかった。

いつの間にか周囲には誰もおらず、二人きりになっている。ただし、見えない位置には控えているのだろう。

気配も感じないけれど、誰かに見られていることは確実で、リィンは頬を朱に染めた。

「──それから？　リィン」

ロレントの指が卑猥にこちらの顎を撫で摩る。その動きに肌が粟立つのも恥ずかしい。

リィンは肩を震わせながら、乱れそうになる息を懸命に整えた。

「……んっ、部屋で……二人だけに、なりたいです……っ」

「仰せの通りに、僕の姫君」

「きゃ……っ」

突然横抱きにされ、視界の高さに慄いた。

反射的に彼の首へ両腕を回せば、ロレントが陶然とした笑みでリィンを見下ろしてくる。その瞳には、隠しきれない情欲が燃えていた。

「……っ」

おそらく、自分も同じだ。期待して、心も身体も潤んでいる。

己がひどく淫らになった気がして、リィンは彼の胸に顔を埋めた。その奥から、普段より早めの鼓動が響いてくる。

ロレントもときめいてくれているのだと知り、リィンの何もかもが綻んだ。

「愛しています、ロレント様」

「そういう発言は、部屋に到着するまで待ってくれないと、僕が辛い」

額同士を擦り合わせ、低く呟《つぶや》かれた。

ほんの少しの恨み言と、圧倒的な歓喜。それらが言外に込められているのを感じる。

愛しいと心が叫び、彼の髪に指を遊ばせながらリィンはもう一度自らロレントへ口づけた。今度は頬ではなく、唇へ。

「僕を煽った責任は取ってもらうよ」

艶めかしい視線に炙られて、睫毛が震える。足早に歩き出した彼に抱かれたまま、リィンは自室へ連れこまれた。

寝室のベッドに二人揃って倒れ込み、夢中でキスを繰り返す。

呼吸する間すらない。息苦しいのに、互いに貪る口づけをやめたいとは思えなかった。

逆に少しも離れたくなくて、密着しようと手を伸ばす。相手の服を掴み、背中を弄り、髪を乱した。

奪い合う吐息の狭間で名前を呼び、ほとんど声にもならないのに、それだけでもう全てが満たされてしまう。

至近距離で見つめ合い、視界を愛しい人のみでいっぱいにする。こんな贅沢は他にない。

しかも曖昧だった己の立ち位置が定まったおかげか、これまでとは比べものにならないほど心が強くなれた気がした。

母が夢見て叶わなかったことを、自分が成し遂げられたなら。そして隣にはロレントがいてくれると思えば、もう何も怖くなかった。

「君に長い間触れられず、僕がどれだけ辛かったか想像できる？　ちゃんと僕だけを見て」

可愛いお強請りにリィンの全身が火照った。

互いに忍耐強く、待つのは得意なはずだ。それでも触れ合う喜びを分かち合った後に引き離されるのは、とても苦しかった。

その思いはリィンも同じ。ロレントに負けないくらい、自分だって恋しく切なかった。そんな心情を込め、リィンは彼の服のボタンを緩め、紐を解き、上衣を脱がせる。

「リィン……っ」

「私だって……ロレント様を想わない日も、夢に見ない日もありませんでした」

「……っ」

荒っぽい口づけをきっかけにして、互いにもどかしく服を脱がせ合った。瞬く間に一糸纏わぬ姿になり、未だ明るい光が差し込む室内で全てを曝け出す。

瞳に刻みつけるような苛烈な視線に舐め回され、恥ずかしい。けれどリィンも愛しい人の帰還をより強く実感するため、目を逸らさなかった。

彼の逞しく引き締まった身体は、以前よりもっと余計な肉が削ぎ落され、日に焼けたこともあり野性味を増したかもしれない。

王子様然とした格好をしている時には決して分からない変化に、胸が高鳴った。

全てを知るのはリィンだけ。

見事に割れた腹筋に手を這わせ、思わず感嘆の息を漏らした。

「擽ったいよ、リィン」

笑いながらこちらの肌を弄るロレントの手つきも、充分掻痒感を掻き立てた。しかも乳房の頂を摩られ、ゾクゾクと背筋が戦慄《わなな》く。

横たわり仰向けの体勢で見上げた彼は、捕食者の笑みを浮かべたまま、芯を持った乳嘴をパクリと食んできた。

「……ぁっ、ふ」

舌で弄ばれ、乳首を転がされる。

性的な戯れが久しぶりのせいか、たったこれだけでも絶大な快楽になった。

喉が震え、淫靡な声が漏れてしまう。それを抑えようとして自らの口に当てたリィンの手は、あえなく引き剥がされた。

「会えない間、君の声の幻聴まで聞こえていた僕から、楽しみを奪うつもり？」

「や……っ」

シーツに張り付けられた片手は指を絡めて繋がれ、優しく拘束された。

もとより抵抗する意思はないものの、大きな身体に覆い被されて余計に動けなくなる。だがその圧迫感すら気持ちがいい自分は、完全に発情していた。

直に触れ合う肌の熱と感触が心地いい。ずっとこうしていたい。

同時に激しい快楽も共有したくて、無意識にリィンの膝がロレントの脚を擦った。

言葉にするより淫靡な誘惑。早くしてと強請っているのと、変わらない。掠れた呼気は、明らかに濡れていた。

「……離れていた間に、僕を操縦する方法を学んだ？」

「そんなこと……っ、しません。いつだって私の方が翻弄されてばかりなのに……っ」

「ふふ、それこそ勘違いだ。僕の原動力の全てはリィンなんだから、あらゆる原因は君にあるよ。リィンを手に入れるためなら、僕は世界だって変えられる。他者の人生に影響を及ぼす君こそ、僕を翻弄しているということになるな」

言い掛かりめいた睦言にリィンは笑ってしまった。

しかもあながち大袈裟な話でもない。実際彼は、生き方を変えた。

大国に隷属し搾取されるのを良しとせず、血の滲む努力の果てに『当たり前』だった力関係を覆した。その源となった理由が自分にあると言われ、嬉しくないわけがない。それほど想われているのだと、心が震えた。

「だとしたら……私たちは最高の相性ですね。互いに必須で共に補い合い、高め合っていけるのですから」

「ああ。リィン以上の人はいない。僕には君が絶対に必要だ。これからも傍にいてくれ」

「勿論です」

耳朶を摩られ鼻を擦りつけ合う。見つめる視界は、近すぎて焦点が滲んでいる。絡む吐息に引き寄せられ、飽きずにキスを繰り返した。

ロレントの指がリィンの脚の付け根へ潜り込み、慎ましい花弁を探る。そこは既に、しっとりと湿り気を帯びていた。

溢れる蜜を纏った彼の指が泥濘に沈められ、隘路を往復する。待ち望んでいたと言わんばかりに蠢く濡れ襞は、彼の触れ方を覚えていたのだろう。

蜜壁がしゃぶるようにロレントの指へ絡みついた。

「ぁ……っ」

官能がじりじりと大きくなる。痺れが末端まで広がってゆく。

キュッと丸まった爪先がシーツに皺を寄せ、早くも滲んだ汗が肌を湿らせた。

「アガラン国にいる間、ずっとリィンのことを考えていた」

「私も……ロレント様のことだけ想っていました」

孤児院で奉仕活動に勤しんでいる時も、従伯父である国王と談笑する際も、常にロレントのことが頭の片隅にあった。

特に一人寝の夜は、知らなかった侘しさにいつまでも寝つけなかったほど。

だからなのか、呼吸の作る僅かな空気の振動や髪が肌に触れる感触にすら愉悦が高まる。

簡単に達してしまいそうになり、リィンはついギュッと瞼を閉じた。

「んん……っ」

しかし視覚を遮断したせいで、余計に他の感覚が研ぎ澄まされる。今どこを見られているのか、触れられかけているのか、まざまざと感じ取れ、リィンは喉を鳴らした。

「……ぁッ」

予測した通りの場所を生温い呼気が撫で、次の瞬間には舐められた。

そこは秘められた場所。ロレント以外の人間には見せたことがない。当然これからもリィンの全てを知るのは彼だけだ。

熟れた花弁を二本の指で開かれ、奥に隠れていた肉芽を剥き出しにされる。敏感な花芯を舌で弾かれ押し潰されると、たちまち悦楽の水位がせり上がった。

「……は、ァ……ッ」

恥ずかしくて、ロレントにこんなことをさせてしまうのが申し訳なくもあるのに、気持ちがいい。どうしようもなくリィンの腰が跳ね、身体は勝手に『もっと』と強請《ねだ》っていた。

いやらしく肢体をくねらせ、泣き喘いで恍惚感に酔いしれる。

特に窄めた唇で吸われるのが堪らない。小刻みに痙攣《けいれん》するリィンは、すぐさま絶頂へ押し上げられた。

「あ……ァあぁッ」

「可愛い」

「ぁ……んっ、す、少し待ってくださ……ぁ、あんっ」

だが息を整える間もなく、硬く張り詰めた彼の肉槍で入り口を抉《こ》じ開《あ》けられた。

性急な動きは、それだけロレントも渇望してくれていたからだろう。余裕のなさが妙に嬉しい。

ヒクつく身体を抑え込まれるようにして、彼の楔が打ち込まれ、長大な質量にリィンの蜜道が抉られる。一瞬詰まった呼吸は、ロレントからの労りに満ちたキスで溶かされた。

「……愛している……」

「私も……」

共に同じ律動を刻み、二人一緒に気持ちよくなれる場所を探した。自分が得ている快楽と幸せを共有したい。淫猥な水音を奏でながら上も下も混ざり合い、一つの塊になる。

とめどなく溢れる蜜液が白く泡立ち、彼を受け入れている場所をいやらしく濡らせば、より深く激しく繋がることができた。

最奥でロレントの剛直を味わい、不随意に締めつける。

リィンが法悦に浸れば、彼も官能的に顔をしかめた。

汗が珠《たま》を結び、交ざり合って肌を伝う。様々な体液で濡れた肉体を、思い切り絡め合った。

「……ぁ、ああ……っ」

淫らな咀嚼音と打擲《ちょうちゃく》音を掻き鳴らし、リィンの蜜窟が掻き回される。

硬く張り詰めた肉槍に爛れた蜜襞を掘削され、もう口を閉じることもできなかった。

喘ぎ疲れた喉を晒し、意味をなさない嬌声を漏らし続ける。ビクッと爪先が宙を蹴れば、同じ場所を執拗に穿たれた。

「んぁあッ、そこ……っ」

「ここも好きだったんだね。まだリィンについて知らないことがあるのが嬉しいよ。これからもじっくり暴いていける」

「やぁああ……ッ」

片脚だけを深く折られ陰部を密着させたまま腰を回されて、いつもとは違う部分が擦られた。

どこもかしこも感じてしまうけれど、これは初めてかもしれない。

チカチカと明滅する光が、無数に弾けた。自分でも蜜壺が収縮したのが分かる。体内にあるロレントの楔の形が生々しく伝わってきて、それがまた悦楽の糧になった。

「んぁッ、駄目……変になる……！」

「なってもいいよ。むしろ、誰にも見せられないだらしない顔も、僕だけに見せて」

そんな顔なら、それこそ彼には見られたくない。

リィンは荒れ狂う愉悦の中で、蕩けた顔を必死に背けようとした。だがそれを許してくれるロレントではない。

リィンの泣き顔をうっとりと見下ろしながら、更に激しく抽挿を繰り返す。掻き出された愛液がシーツの色を変え、尻の下で湿り気を帯びてゆくのが恥ずかしい。

けれどそんなことを気にする余裕は、もはや残っていなかった。

「あ……ァあああ……ッ」

高みに放り出され、下りてこられない。

彼の切っ先が敏感な場所を突き上げ、達している間も擦り立てる。絶頂の波が落ち着く前に新たなる喜悦を注がれ、リィンは四肢を躍らせた。

「ひァああ……ア……ッ」

頭が焼き切れる。何も考えられない。体内を濡らす白濁の勢いだけがはっきりと感じ取れた。

ロレントが戦慄《わなな》くリィンを抱きしめてくれ、最後の一滴まで注ごうとしてくる。あまりの激しさと量に、下腹が一杯になった気がした。

「……ぁ、あ……」

彼の肉槍は未だリィンに突き刺さったまま。

ロレントの昂ぶりは一向に衰えてはいない。彼は数度呼吸を整えると、再び動き出した。

「……ロレント様……っ？」

「一回ではとても足りない……もっとリィンが欲しい」

淫蕩すぎる誘い文句に、クラクラする。だが全く嫌ではない。むしろ嬉しい。それはリィンの内腿を伝い落ちる温い滴からも明らかだった。

「次は、ゆっくりしてください……」

達したばかりの身体は敏感で、ちょっとしたことでも快楽が過ぎる。場合によっては辛いと感じるほど愉悦に溺れそうになるから怖かった。

そんな思いを込め、リィンは彼を窺い見る。

「……善処する」

「そこは、約束していただきたいのですが」

「僕を誘惑する君にも非はあるよ。精一杯努力はするが、もし僕が暴走したらリィンが叱って」

可愛い媚を滲ませ、ロレントがにこりと微笑む。それだけで許してしまいたくなるのだから、自分も大概なのだろう。

リィンは「仕方のない人」と呟き、愛する人を抱き寄せた。

エピローグ

リィンとロレントの結婚式は、盛大に執り行われた。

何せ因縁ある二国の融和を象徴する一大行事だ。だからと言って政略結婚ではなく、幼い頃からの淡い初恋を実らせたものだという物語が、国民たちを熱狂させていた。

アガラン国にとっては、今や強国となったランツ国へエリナ元王妃の忘れ形見が嫁ぎ、揺るぎない和平を結んでくれるという意味になる。

不遇な王女であったリィンの掴んだ幸せも、特に世の女性陣を夢中にさせた。

何せ相手は、王女を手に入れるために人生をかけ国を発展させた立役者である。

両国の立場が逆転したとしても、民にとってはこれまで以上の生活が保証されている。これで不満が噴出するはずがない。

かつてエリナ王妃の無実を知りながら口を噤まざるを得なかった貴族らも、諸手を挙げてリィンたちの婚姻を歓迎した。その裏には反対すれば粛清される――という恐れもあったわけだが、それはリィンが永遠に知る必要がないことだ。

またランツ国では、エリナ公女の一人娘が自国の王太子と愛し合い、自ら指揮を執って母と己の濡《ぬ》れ衣《ぎぬ》を晴らした——という物語がまことしやかに流布《るふ》していた。

勿論これにはリィン自身が度肝を抜かれた。

何故なら自分が果たした役割などとても小さい。ほとんどはロレントが取り計らってくれたことだ。リィンは彼に助けてもらったに過ぎなかった。

「でも僕を動かすことができるのは、君への想いだけだから、結局のところリィンの功績と言っても間違いじゃないな」

「大違いだと思いますが……」

「僕はいつだってどうすればリィンに褒めてもらえるか、好きになってもらえるかしか考えていない。うん、だから全ての指揮を執ったのは君だというのも、究極的には正しいよ」

とんでもない理論を捏ね繰り回され、結果的にリィンは言い負かされた。

口でロレントに勝てる気がしない。どう反論しようか思案している間に、世間では『どんな苦境にあっても諦めず、誇り高いリィン王女が心から愛する人を手に入れ、自らを虐げた者たちに復讐《ふくしゅう》した。まさに自ら道を切り開く始まりの女の再来である』という説が定着してしまった。

既にこの話を元にした歌劇などが作られて上演されているというのだから、もう訂正は難しい。

「……私、ランツ国民にどんな人間だと思われているのかしら……」

「決まっている。僕が骨抜きになっている、最高の女性だよ。リィンだけが僕にあらゆる命令を下せる」

冗談めかした彼の言い回しには笑ってしまう。ただし、それが紛れもなく事実であることもリィンは理解していた。

――ロレント様はきっと、私が父やコレット様を絶対に許さないと言えば、あっさり処刑を命じてしまいそう……

一瞬の迷いもなく残忍な刑罰を実行しかねない危うさがあった。しかしそれはリィンが望む結末ではない。

――お母様が思い描いた未来は、娘の私が憎しみに駆られて復讐を果たすことではない気がする。それに……ロレント様の手を汚してほしくはない。

甘い考えかもしれない。だがそれでもいい。

欠片でもやり直せる可能性があるなら、縋ってみたかった。

――弟のダヴィンは、私よりも幼くして両親と引き離されてしまったのね……私にできることがあれば、してあげたい……

いつか、弟にも会ってみたい。恨まれているかもしれないが、もし自分と同じ『目』を持っているのなら、そのことで辛い秘密を抱えている可能性もある。だとしたら助けになれることもあるのではないか。

──ロレント様が、この病は男児に引き継がれる可能性がとても高いとおっしゃっていたわ。だとしたら──お父様にとってダヴィンが同じ症状を持っているかいないのか……どちらの方が望ましいのかしら……

コレットには火遊びの相手が何人もいたそうだ。もっとも、真実を探る気はリィンになかった。自分と同じ苦しみを、弟には味わわせたくない。

ただ今頃、父とコレットは色々な意味で戦々恐々としているのではないか。ならばそれこそが彼らの受ける罰だ。贅沢三昧《ぜいたくざんまい》だった彼らにとって、明日をも知れぬ牢獄生活はさぞや不便で屈辱的なものに違いない。まして命が危ういともなれば──

──お母様の遺骨をきちんと弔いたいな。ばあやと一緒に花を手向けたい。それからランツ国の素晴らしい点をアガラン国へ伝えて──

したいことは沢山ある。次から次に浮かんで、追いつかないほどだった。未来は希望に満ちている。

「リィン、新しく約束しよう。共に手を取りあって国を安寧に導き、僕ら自身も幸せになると。僕と一緒に歩んでくれる？」

夫となる愛しい人が、こちらに手を差し伸べてくれる。そっと手を重ねた花嫁のヴェールが風に揺れ、列席者の目を楽しませた。

「はい、勿論です。こちらこそよろしくお願いいたします」

純白のドレスを纏ったリィンは、ロレントの腕の中で微笑んだ。

あとがき

初めましての方もそうでない方も、こんにちは。

山野辺りりと申します。

今回は『可哀想なヒロインが一生懸命生き抜いて幸せを掴むまで』がテーマです。

頑張った人が報われる世界はいいよね……大好物です。

個人的に『知らない世界』を垣間見せてくれる存在はとても得難いものだと思うので、狭い世界でしか生きたことがないヒロインの目を、ヒーローには思いきり開いてもらいました。

想像したこともない世界を目の当たりにすると、大抵の人は尻込みするか興味を持つかのどちらかだと思います。

私としては幾つになっても後者でありたいなと考えています。その方がきっと面白いから。

なのでヒロインにも頑張ってもらいました。

無垢で外の世界をほとんど知らなくて、しかも引っ込み思案ではありますが、勇気を振り絞り自ら生きる場所を作ってゆくヒロインを見守ってもらえたら、幸いです。

ヒーローはできるだけ優しい男に……したつもりなのに、滲み出るヤバい奴感。何でだ？

何故かヒロインを苦しめた者たちへ報復したくてウズウズしている気がする。むしろヒロインにバレなきゃウキウキで手を下しそうな予感。

……いや、そんなはずはない。私は優しい男を目指したはず。

うん、たぶん気のせい。

きっと悪役たちの処遇もよきに計らうに違いない。たぶん。おそらく。

ということで、これから先も両国は上手いこと手を携え発展し、二人は幸せに暮らしてゆくと思います！

ヒロインは欲しくて堪らなかった温かい家族を作り、慈悲深い王妃になる予定。ヒーローも賢王になることでしょう（裏では知らんけど）。

名前だけ出てきた弟も実質人質ながら、上手に生きてゆくと思います。それこそ、かつてのヒーローと同じように。

この子に罪はないので、数十年後にはきちんと主権回復し独立できると信じている。ヒロインたちもいずれはそのつもりで国の舵取りをしてゆきます。

つまりハッピーエンドですね（悪役のその後についてはご想像にお任せします）。

イラストは旭炬先生が描いてくださいました。ありがとうございます。

いつも可愛いかつ妖艶なので、完成が楽しみでなりません。私が一番ワクワクしていると断言できる。

的確な改稿案を提示してくださった担当様にも感謝を。そしてこの本の完成までに携わってくださった全ての方々にも心からお礼申し上げます。

最後に、ここまで読んでくださった皆さまへ。

この数年間、色々ままならない世の中で、世界が狭くなったと感じた方も多いのではないでしょうか。

新しいことを始めようにも、どこかへ行こうにも自由気ままとはいかず、沢山の制約がありました。

そんな中でも読書ならばいつでもどこへでも行けます。それこそファンタジーや歴史もの、異国に宇宙だって。

この本を読んで、少しでも新鮮な刺激を味わっていただけたら嬉しいです。

ではまた、どこかでお会いできることを願って。

読んでくださり、本当にありがとうございました！

山野辺りり

Mitsuneko Label

蜜猫文庫をお買い上げいただきありがとうございます。
この作品を読んでのご意見・ご感想をお聞かせください。
あて先は下記の通りです。

〒102-0075 東京都千代田区三番町 8 番地 1 三番町東急ビル 6F
（株）竹書房　蜜猫文庫編集部
山野辺りり先生 / 旭炬先生

不遇の王女は初恋の隣国王太子に愛されて花開く

2022 年 10 月 28 日　初版第 1 刷発行

著　者　山野辺りり　
発行者　後藤明信
発行所　株式会社竹書房
〒102-0075 東京都千代田区三番町 8 番地 1 三番町東急ビル 6F
email : info@takeshobo.co.jp
デザイン　antenna
印刷所　中央精版印刷株式会社